中 阿 典 籍 互 译 出 版 工 程

مشروع تبادل الترجمة والنشر بين الصين والدول العربية

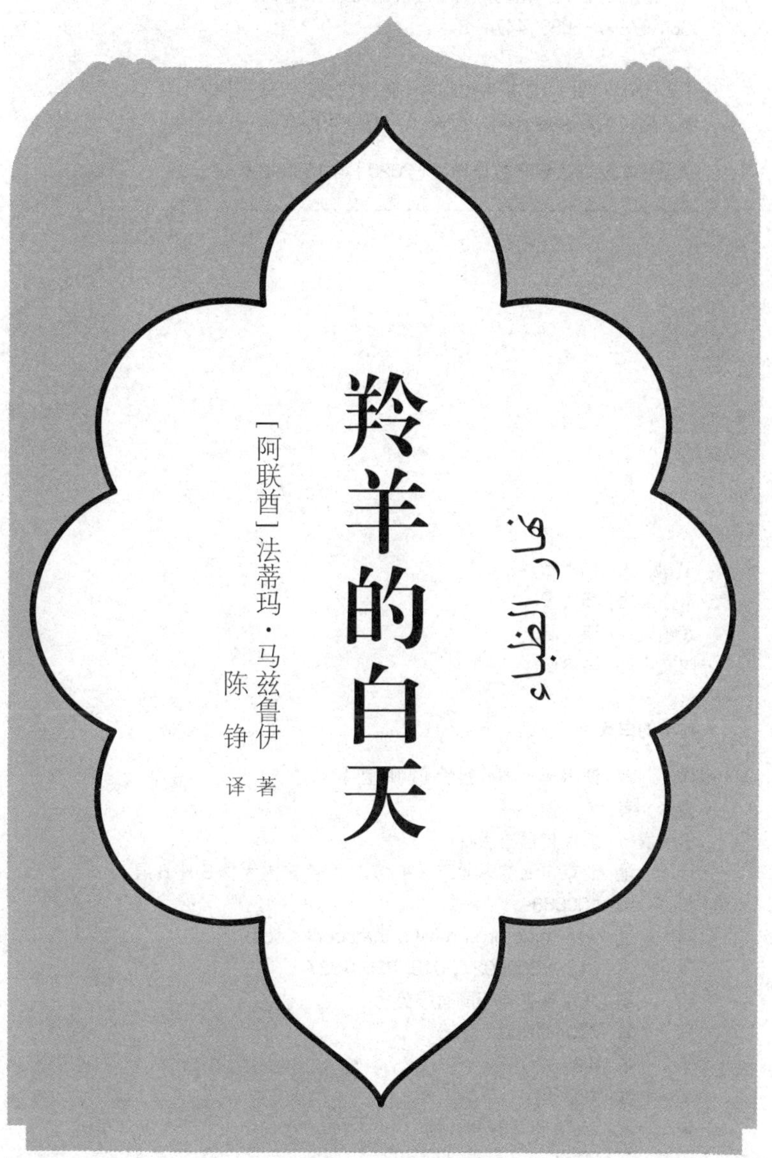

羚羊的白天

نهار الظباء

〔阿联酋〕法蒂玛·马兹鲁伊 著

陈 铮 译

五洲传播出版社

图书在版编目(CIP)数据

羚羊的白天 /(阿联酋)法蒂玛·马兹鲁伊著;陈铮译.
-- 北京:五洲传播出版社,2020.7 (2023.6重印)
ISBN 978-7-5085-4474-8

Ⅰ.①羚… Ⅱ.①法… ②陈… Ⅲ.①短篇小说-小说集-阿拉伯联合酋长国-现代 Ⅳ.① I387.45

中国版本图书馆 CIP 数据核字(2020)第 120990 号

出 版 人:荆孝敏
责任编辑:杨 雪
装帧设计:清 君
内文设计:马尔曼

羚羊的白天

作 者:法蒂玛·马兹鲁伊(阿联酋)
译 者:陈 铮
出版发行:五洲传播出版社
地 址:北京市海淀区北三环中路 31 号生产力大楼 B 座 6 层
邮 编:100088
网 址:www.cicc.org.cn www.thatsbooks.com
电 话:010-82005927,010-82007837
印 刷:北京画中画印刷有限公司
开 本:710×1000 1/16
印 张:6.25
字 数:120 千字
版 次:2020 年 7 月第 1 版
印 次:2023 年 6 月第 2 次印刷
书 号:ISBN 978-7-5085-4474-8
定 价:36.00 元

目录

相似的脸庞 / 1

歌手朱玛 / 6

裂　缝 / 12

沙哑的声音 / 15

被绑架的月亮 / 19

公鸡的笑声 / 22

八月中旬 / 26

沙　发 / 30

乌姆 · 桑古尔 / 34

场　景 / 39

羚羊与鳄鱼 / 43

M……玛利亚 / 46

相似的脸庞

我清楚地记得，那是二月里一个平常的日子，周四，只有母亲一人在家，孩子们跟着大人去了夏威海特岛，丈夫有公务出差。下班后，我疲惫不堪地回到家，和母亲一起吃了饭，没回自己屋，而是走进隔壁父亲的书房，因为周末是阅读与写作的时间。

我打算先到楼上睡两小时，然后再专心阅读，便对自己说，不要有压力，不要觉得负担。待醒来时，只觉得一阵剧烈头痛，忍痛走下楼，房子里是死一般的寂静。我径直走进干净的厨房，泡了杯土耳其咖啡，看看手中的托盘，又加了几块巧克力，顿感欣慰。阅读和写作通常都需要来点巧克力，这种解释能让我免去良心的谴责和变胖的苦恼，尽管我并不觉得自己有这两种烦恼。

拉开卧室窗帘，眼前变得一片明亮，似乎在开始阅读前，我需要先对这个世界释然。一小时后，头痛好了。读了一段昨天刚翻开的小说，再次抬眼望向窗外，看样子小区里的孩子们都反常地待在家中了，兴许正在看着电视。但是，一副奇怪的画面却突然映入眼帘，只见“我”正披着斗篷站在屋子前，看着窗内向外张望的那人。

我动弹不得，站着，屏住呼吸，脑子一阵抽搐，全身战栗起伏，如芒在背。站在屋前的那个女人是我吗？还是正从窗内往外看的人是我？抓住窗帘一角，我紧张地盯着那人，可脚下一晃，手碰倒了咖啡杯，咖啡洒了一地。我不记得自己是怎么下的楼，怎么站到了她面前。

这是真实发生在我身上的事，并不是两周前开始写的某个故事情节。那个故事的开头是：“第一次听见时，我笑了。有个与你相似的人并不奇怪，随后就会发现两人只是总的特征相似而已，只是有时其他人的想象夸大了这种相似度。”当培训班的同事告诉我有个与我同住一小区的人长得特别像我时，我就是这么想的。她还向我描述了那人的房子，但由于培训课时间太短，我们又忙着结识别人，此事就没有继续再谈。

时间过去，这个小插曲也忘得差不多了。如果我们之间真的很像，这些年来应该会有人告诉我才对，我和她家都在阿布扎比哈利迪亚区，中间只隔了一条主街道。她家在对面街道旁的人民公园后面，我家则在这头丛林密布的小山丘上的水库下。这事其实很简单，有人和我相像，这一定是我同事的想象。她在诊所一见到我就问：“你没见过那个和你很像的女孩吗？”任何认识我的人都分不清我俩，哪怕是生育我的母亲，也辨别不出哪个才是她的女儿。

这话让我备受打击，周身不禁一阵战栗。她站在身后时，我的汗毛都立了起来。她那么肯定地说我和另一个人长得一样，这实在太可怕了。尽管如此，我还是没有否认她的话，只是用一丝紧张的微笑掩饰自己的情感。终于，护士叫了同事的号，这番对话得以结束。我只觉得紧张不已、心跳加速，为了抹去脑中的想法，便安慰自己：这位同事可能也像其他人一样言过其实了。可那一整天我都心慌意乱的。为了缓解紧张与恐惧感，我一遍又一遍地对自己说："她一定夸大其词了，想当然地以为我们长得一样。她才见过我两次，怎么就能如此肯定？"

我接起电话，她直言问道：

"你在阿布扎比合作社待过吗？"

我吃了一惊。电话那头，我的朋友没有铺垫、没有问候，就这么直接地抛来问题。我平静地开口小声道："没有。"

时间静止了，狂风瞬间席卷而过，我只觉得自己身处冰冷黑暗的井底，与世隔绝，眼前什么也看不见，双脚在黑暗与虚空中兀自打晃。

"喂……喂，你还在吗？"

我咽了咽口水，努力让声音显得不那么恐慌，因为就连我最好的闺蜜穆娜都无法确定。

写完那个亲身经历的故事后，我按下鼠标，把故事用电邮发送给了文化报刊发表。

到此为止，似乎一切都很正常，一个女人，我就是这样想的。更确切地说，尽管无法肯定同事的话是真是假，总之我是不愿多想，也不愿去想朋友那半认真半玩笑的话。对我而言，她俩几乎没什么差别。当朋友提到合作社时，我不知道自己是否相信了她。不过很肯定的是，所有的这些都是真实发生的。但那天下午的事并不是全部。我写的那个故事变成了诅咒一般，搞得我精神错乱。

现在，她就在我面前，不是别人口中的女孩，也不是我脑海中的想象。她站在我面前，伸手可及。我看见她，是的，我看见自己站在她面前，望着她，努力显得镇定，佯装自己只是在照镜子。我动了动手，她却没动。所以，她不是一面我能照见自己模样的镜子，她是另一个人。

我转过身，眼珠子几乎都要掉出来了。我们是两个人，但我迷惑了，我明明就是她啊。她的身材跟我如此相似，身上没有一块丰满的地方，就好像我们是从一个模子里刻出来的：一样的消瘦、高颧骨、长睫毛，但我看不到她的手心，看不到手中的掌纹。这世界变了吗？眼前这一米的世界，我们站着，我一动不动，心中却已成一团乱麻，分不清现在到底是睡是醒还是醉。我凝视着她的双眼，看到的生活平常无奇：房子矗立，几辆车停在房前，邻居的蓝色小船露出一角。完全没有什么两样。二月的冷风凝住了四周的空气，经过一天劳顿，太阳在屋顶上洒下余晖。多希望有一丝光明照进我心中，好让我明白这究竟是怎么回事。在那个寂静的午后，我独自一人，不知自己是否还能继续站下去。

我就是她，就像一颗椰枣悄悄分成了两半，可她眼睛的颜色和我的不一样，不是黑色，不是棕色，是别的颜色。我拉起她的手，握着，就像合成了一只手。她显得兴致高昂，装着和我的不一样，我穿的是绣花衣裳，她的则充满异域风情。我仔细打量她，脑中的想法像陀螺飞快旋转，几乎要费尽仅存的神经。我并没有什么孪生姐妹，母亲也不曾嫁给父亲以外的男人。如果我不是她，那她又是谁？我的双脚钉在空旷的大街上动弹不得，那个奇怪的下午，我倍感孤独。

她微笑地看着我，对我们的相似度丝毫不感到诧异。难道这事在她看来很正常？她望着我，眼神令我困惑，不知不觉头皮已沁满了汗珠，我觉得我的脑袋就快要爆炸。她的瞳孔映入我的眼底，我稍加放松，困惑就加倍。她在我的心上踏步，像夺走了我的元神，只有我焦躁，她却那么安心。可能她早就明白这事了。那么，在她出生成长时，我在哪里？我们只隔了短短的距离吗？为什么之前我没见过她，从未感受过她的存在？难道之前我瞎了吗，聋了吗？

她从口袋里掏出从文化期刊上小心剪下的一页纸，把那个故事递给了我。由于自己太过惊诧，加上路边玩耍的孩子们的喧闹声，只听见她用磕磕巴巴的阿拉伯语说了两句话：

“你是我，我是你。你丢了两个词，我今天和明天又捡到了两个词。”

她离我而去，或者应该说是我离她而去，朝我的家——那个并不像人们所说位于人民公园后面的房子走去。我们都住在水库下，只隔着一条小路。

第二天我向孩子们打听那个女人，他们回答得模棱两可，使我张皇失措，一堆问题接踵而来，却始终找不到答案。我能感受到那个女孩的存在，但问题却依然悬而未果。

几天后，孩子们告诉他们的妈妈，他们那位女邻居的眼睛不再是黑色的了，她说的阿拉伯语也变得磕磕巴巴的。

歌手朱玛

在新别墅区的后头，新盖的楼群拔地而起。别墅区里隐着少数年久失修的老房子，歌手朱玛的房子就在其中。他的家面朝大海，中间隔着一条不长却弯弯曲曲的小道。这就是朱梅拉区的模样，在这样安静的清晨，伴着旖旎的海滩，俨然一幅水彩画作。70 年代朱梅拉老城的遗留物只剩下歌手朱玛的房子和周围几栋旧宅了。

乌姆·贾西姆打开门，只见几个房间紧挨着一字排开，就像小朋友码出的积木。房间尽头立着两棵枣椰树，边上有两只消瘦的母山羊，茜拉坚持要养它们，说是能带来福运。乌姆·贾西姆继续向内庭走去，鸽子捡食了面包屑后都飞走了。

“真搞不懂他们养鸽子图个什么，只会弄得一团脏！”

她转身寻找女佣齐娜特的身影，确认人在家后，便好奇地推开男客厅的房门。朱玛正睡在个大垫子上，胖胖的身体上凸出一个鼓鼓囊囊的大肚子，像个胀了气的皮囊，身边是他的欧得琴，茶杯则散落在房间四处。乌姆·贾西姆盯着那个肚子，此时它正随着鼾声一起一伏，她努了努嘴，道：

“啊！好一个周四晚会！”

她看向堆满了手稿和古籍的书房，有的抽屉里还塞满了磁带。她曾多次向朱玛表示希望能把这些书送给她喂羊，反正他也不会读，可每一次他都大笑着回答：

“乌姆·贾西姆，你想把它们变成读书羊吗？这些可都是重要的书呢，有国家历史、民间故事，还有古老的歌谣。或许有朝一日有人能把它们出版了呢，就算是我死了以后也成。”

关上门刚一转身，齐娜特的两只眼睛就凑了上来，似乎看穿了她的好事心态，狡黠地笑道：

“茜拉的妈妈在客厅了。”

*　　*　　*

小姑娘茜拉虽然把玩具忘在了喀拉拉，但她对出远门来看妈妈感到特别开心。而她的妈妈则算计着把她嫁给朱玛，这桩生意真是始料未及，多亏当时乌姆·贾西姆对她的女仆开玩笑说了句：“要不是你已婚，我就把你许配给朱玛了。”接着，这事迅速敲定。乌姆·贾西姆多年来走家串户，四处为朱玛做媒，虽然各家的回绝方式有所不同，但最后都是一句“我们没这个福分”。不过有个姑娘趁她妈妈准备水果的时候很不客气地对付了乌姆·贾西姆。

乌姆·贾西姆说：

“这人很富有，很年轻。”

“我们不嫁这类人。要是说他富有，那还有安拉呢。”

乌姆·贾西姆说：

“我们都是安拉的信徒，孩子啊，你也大了，找个人家嫁了对你是好事。”

她微微低下头，又抬起来，恼怒地哼了一声，说：

“我就算活到一百岁也不会嫁给他，他要传宗接代最好找别人！”

乌姆·贾西姆道：

“这人可是个有名的歌手。”

“他绝不适合我，我们差距太大，他名气再大也无济于事。”

话音刚落，姑娘的妈妈来了。她平静地放下水果，有一会儿工夫都没开口说话，只是冷着眼努力克制对女儿的怒火，而后者则迅速走开了。

这位母亲笑了笑，试图缓和下气氛，无果。她深吸了口气道：

“您别在意她说的，她还不懂事。可是说真的，乌姆·贾西姆，要是你说的是别的事，我们一定不会拒绝的。但是这个朱玛，我们可能真没这个福气了。我丈夫很虔诚，他不会愿意把女儿嫁给个歌手的。”

朱玛抱着欧得琴像拥着一个孩子，一边调音，一边看着周围的来客。艾布·哈姆德悠然而又熟练地往烟斗里塞着烟草，递给席间客人，然后望着朱玛的脸。这张脸就像从非洲树上切下来的，闪着棕色的光泽，两个大鼻孔仿佛山峰被劈开了两个洞，上面架着一副黑色眼镜。没过一会儿，有人打断了大家的低语，忍着笑说道：

“朱玛，他们都说你在感谢安拉让你瞎了眼。”

朱玛立刻回道：

“省得让我瞅见你们这些人。”

一阵哄堂大笑淹没了朱玛的声音，直到用人齐娜特端着茶盘进来，笑声才止住。

有人问他：

“你卖房子吗？朱梅拉的物价太高了，卖了这栋去别的地方买栋小的吧。”

朱玛嗔道：

“为什么要卖？谁会卖掉朱梅拉，卖掉这里的邻居和历史！”

问话人的脸色青一块紫一块，为自己搅了朋友的好心情感到尴尬，便低声说：

“你的孩子们都长大了，你看房子也旧了。市政厅已经发了函，说要拆除影响市容的房子。”

朱玛垂下脑袋，过了许久，哭了。他的泪水滂沱而下，语不成声道：

“人们都对我家看不顺眼，好像朱梅拉就只有它，好像它给整个世界抹了黑。”

朋友伸出手来拍拍他的肩膀安慰他，他却继续说：

“就连我妻子也要我卖了房子，可我除了这栋房子、这把欧得琴和我的艺术，什么都没有。当我不再有名，所有人都忘了我。钱没了，艺术留在电台的磁带里。现在根本没人认识我。我从穷小子起的家，将来也会贫寒地死去，而我的孩子们，愿安拉保佑他们。”

艾布·哈姆德看看众人，想从他们眼中找到什么办法恢复周四夜会的气氛，却只失望地看到一张张愁容，于是开口道：

“棕皮肤的人哪，巧克力肤色的人，你不该悲伤，你是快乐和艺术的源泉。”

艾布·哈姆德想拿过朱玛面前的欧得琴，可朱玛拒绝给他，说：

“我已故的科威特朋友，曾唱道：

从无新交似故人

更无新房比旧宅。”

欢宴间哀叹声四起。而此时，另一个房间里挤着几个孩子的身影，他们的妈妈正和女佣看着印度电影，不过这次没有像往常一样哭泣，因为她的脑子里想的全是怎么卖了房子。

“昨晚，歌手朱玛（原名朱玛·穆罕默德）逝世……”这是当地报纸转载的新闻通讯社报道，歌手朱玛的死讯被排在了艺术版末尾的小角落里。

乌姆·贾西姆站在房子前，好奇地看着眼前的一切。她打量着周围，询问每个进门的人，又对见到的每个人传递消息，她以神奇的速度咀嚼话语，又不厌其烦地反复诉说。朱玛的外甥头一次来朱梅拉区询问遗产，问朱玛的妻子是否有继承权，是否被休。而她则对这位外甥说，死者的妻子在他死后就卖了房子飞回印度了，因为房子两周前已经登记到她的名下。

她想问他要不要茜拉的地址，要不要问候孩子们，但他毫不在乎地摆了摆手，迅速朝车子走去。

乌姆·贾西姆卖了朱玛家的门、窗、空调和所有值钱的东西。又把朱玛的欧得琴和个人物品卖给了一个做古玩生意的人，她只记得那人叫艾布·萨勒曼，他十分慷慨，花两千迪拉姆买下了所有东西！

裂　缝

一个平常的午后，一个安静的客厅，有格调地摆着几件家具和绿植，正中一张长桌，放着茶盘、咖啡盘、一碟椰枣。祖父坐在椅上，正拿着收音机搜文化电台，身边坐着孙女玛哈，这个二十岁的文静姑娘正盯着面前镜子中两人的倒影。

祖父上了年纪，驼背，翘翘的橘色胡须精心修剪过，他总在卧室和客厅间来来回回，一手拿着药袋和小收音机，一手拄着拐杖。几个月前他中风了，要不是强大的意志力，现在早就瘫痪，沦为轮椅的囚徒了。他喜爱孩子，每每有孩子们来找孙女玛哈玩耍，他都会给他们讲很多故事。

玛哈生活积极向上，充满朝气，大家都喜欢她，喜欢她的温柔善良。她很爱祖父，总是与他一起，中风的时候也不曾离开。祖父奇怪地看着她，她今天安静得有些反常，就好像椰枣树长错了地方。祖父那边听着老歌，这边偷偷瞄向孙女，可她只是盯着镜子。

她看着镜子中的祖父，他那爱怜的神情她记得真真切切，没人比她更清楚他额头和两颊新添的每一道皱纹。她凝视着镜子，过了一会儿，一个微弱的声音响起，将她带向远方，她忘了自己，挣脱了沉重的躯壳。

只见镜子里一个上了年纪的老人和一个女孩，中间竖着一道细细的裂痕。她再看，究竟是自己花了眼，还是真的有条细细的裂痕，不仔细瞧就看不出来？裂痕此时却裂得更大了。她感觉自己身体轻轻抖了一下，恨不得拿石头砸碎镜子，这样就什么也看不见了，也不用逃得远远的，离开这个房间。为什么裂痕要在这时出现？是下午时间惹到它了？还是因为现在听的音乐？她无力动弹，仿佛一棵树，发达的树根已缠住了椅子。她也无法不去看这道裂痕，它正在慢慢扩张，吞噬她和祖父的影像。

这样不对，小女孩这么说着，阻止自己继续往下想。那天清晨，她从噩梦中醒来，鼓足勇气，着急又支吾地向母亲讲述，希望母亲能解释这道裂痕。可母亲只是轻拍她的肩，要她继续睡觉，盖好被子，她觉得她讲的只是噩梦中的梦境。

镜子里，她看见一个年纪稍大的小女孩。她很伤心。很多个夜晚，她都看见那匹狼在追踪小绵羊，还有别的羊被狼吞了吗？另一场梦里，她看见那狼满街区追着她。只有她自己看见祖父就是狼，所以，没人能帮她。她的声音没进体内，无力呐喊。她绕另一个方向跑，却发现狼正虎视眈眈地埋伏着。她转身跑，狼就从后面追。没有藏身之处，她跑到晕头转向，觉得自己肯定要死了，此时突然看见一个池塘，便纵身跳下，可她并不会游泳。快要溺死时，她醒了，一身汗。

她在所有梦里都看见了那匹狼，而它现在正从那裂痕中饥饿地冲出来。她厌恶极了，她想起狼的凶残，想起它对羊群的追捕。一匹饥肠辘辘的恶狼，要是没找到小羊，它会往肚子里塞进鲜花的香气，耐心等待不小心离群的羔羊。此刻，年迈祖父的模样出现在眼前，她又心生怜悯，想起自己对他的爱。画面不停出现、冲击，一幕幕细节快速闪过，混杂着各种声响。

祖父问她的小孙女今天怎么了，她伤心地咕哝："没什么。"

她抱着自己的脑袋，不让自己失控。祖父抓住她的手臂，镜子里，她看到那匹狼又变成了她善良的祖父。

沙哑的声音

1

二十岁的女孩都在做什么梦？她的梦里会有芬芳的书信、大马士革玫瑰、冲破封锁线的情话吗？二十岁的女孩都在做什么梦？是一段安达卢西亚般的恋情，还是贝都因般的原始痴狂？何不幻想自己是一位公主，未知的情郎正翻山越岭地找寻她？我就是这样每晚在房里点着熏香胡思乱想，一会儿想象自己是个贝都因女子，梦见自己的痴情郎在沙漠写下诗情画意，一会儿又变成希腊公主，被劫匪囚禁在汪洋大海中。浮想联翩中，我的嘴里吐出一朵野玫瑰，在奇妙的非洲歌曲中翩翩起舞。

我是那种对爱情、对生活无限憧憬的人，可不是你冉冉升起的香雾。我不是那个端坐那里的女孩，穿着黄色衣裳，发辫里散发出樱桃味，捡一把香料扔进香炉，念珠在指尖转动，她的声音渐渐低沉，香雾盘旋而上，在房间弥漫。

2

我屏住呼吸，强忍着不让喷嚏打出来，免得带来不祥之兆。奶奶房间里浓雾缭绕盘旋，她穿着绿衣黄裤坐在女人们中间。我听见她的笑声，一位女客在聊她露出来的那截黄色裤子，奶奶曲了曲双脚坐正了，说：

“他们要求我穿的，这是他们的命令。”

我变成了两只眼睛，从大铜床下卷着的被子下看出去，尽管烟雾缭绕，奶奶奇怪的大牙还是看得一清二楚，它大得出奇，一条绿线把大牙劈成黑色的两端，像两座山间的河谷，绿色的神话仙境。这颗牙是福气，奶奶是这么对我说的，要是它掉了，她就会死。她的牙有什么秘密？许多疑问冲击着我已如金属球一般的脑袋。熏雾、闷热、局促的空间让我直感头晕恶心，挤在床下一堆东西当中，我立刻变得只剩下两只眼睛。

非洲鼓点仿佛猛烈击打着我的心。奶奶的嗓门越粗，鼓声歌声就越高。奶奶的声音变了，一个粗哑的男声夺走了它，他正在向女人们问候并介绍自己。我的胃翻江倒海，几乎要被这粗哑的声音恶心得把五脏六腑都吐出来，我只觉得心脏咚咚直跳。周围人声被秘密的海洋淹没，只剩一个粗哑的男声和患病女人的呻吟声，女人的身体枯萎得像根枣椰树枝，奶奶在一旁口中念念有词，要求精灵离开女人身体。

我闭上眼，世界成了一片漆黑，然后变红，就像赛木德人的脸一样一遍遍换着颜色，然后再次变得一片漆黑。只见前路漫长而荒凉，一群骷髅在我面前舞蹈，我双脚一滑，倒在青苔上，所有香水瓶都打开了。我和那个女人一齐尖叫起来，我睁开眼，只看见一颗颗黑眼球在眼窝里转动，在房间四处转动，眼球外长着一张张女人脸，口中念着“奉安拉之名”。女人们离开后，屋里只剩奶奶一人，我安静了一小会儿。不知道那个粗哑的男声离开她的嗓门儿没。

3

我从床下观察奶奶，因为太害怕太不安，爬出去的时候头发缠在了弹簧铁丝里。我一下喊出声来，那感觉就像一千只手用弹簧揪住我的头发，绑到一棵隐秘的树上。妈妈和奶奶试了几次后，认为只能剪断这撮头发。然后，奶奶开始对我一阵痛打。

在奶奶面前，我成了一块肉，一块没有骨头、可以任意折叠的肉。在我眼里，奶奶是闪电惊雷，是屋里飞溅的火花。打完后，她冲妈妈一顿呵斥，让她把我带得远远的。妈妈后来说，整整三天她一直背着我，就像披着一件破衣裳，她还发誓她听见我的骨头在身体里游走、碰撞。

三天里，我一直像块被遗弃的肉。

三天里，奶奶一直抱怨她手疼。

4

我曾经很爱奶奶，关注她的一举一动，我的眼睛会变成放大镜，观察她脸庞和身体的地形。不知不觉间，我记住了她所有的话。母亲有次还因为我模仿奶奶说“你们的奶奶就是福气，只会带来好运”而斥责我。可是奶奶去世后，我却常常嘲笑那几个声称自己继承了这份福气的人。家里有三个女孩梦想继承奶奶的福气，我可没有，我常常想象她们仨头发中散发出樱桃味，用沙哑的声音要求得到一只独眼山羊或小公鸡。就这样，在嘲笑中，我终于也遗失了二十岁女孩的梦。

5

她坐在席间，在已故外婆曾经坐过的地方，穿着鲜黄色的衣裳，头发中散发着樱桃味，胸前垂着一条从不摘下的金项坠。她用粗哑的嗓音对那个颤抖的妇人说着似懂非懂、暧昧不清的话。之后，她沙哑的声音说：

“他们向你要金项圈，中间是圆形的巴林纹饰，剩下的部分是红色、绿色的念珠和金念珠。”

女人颤抖地问道：

“我们从哪里弄？”

“当然从市场弄，要么找人做。”

她给了女人们一些念过符咒的草药和水。女人们千恩万谢地出去了，一路为她祈祷。香雾缭绕和樱桃气味间，她恍若置身梦境，驼铃声阵阵，混着鼓点声。随后，她恢复了温柔的嗓音，并祈求安拉怜悯她死去的奶奶。

被绑架的月亮

1

时间很晚了。母亲、姐妹、女邻居们挤在庭院里，一个男丁也没有，她的父亲和叔叔究竟去了哪里？

小女孩坐在院子一头，双手抱膝，一副害怕和担忧的神情。她的大姐敲击着研钵，口中念念有词。女人们望着月亮。没有人注意到她。

阿布扎比的宁静夜空中，月亮藏了一部分在温暖的春夜里。庭院依然宽敞，院子的一头栽着枣椰树，另一头厨房正敞着沉重的大门。在小女孩看来，一切都稀疏平常，除了缺一部分的月亮和女人们的呼喊声，那声音混着研钵的声音响彻天空。

2

印度女佣拉妮从房间出来的时候，米拉跑去找她问个究竟。可她只是笑笑不做评论。米拉又问一遍：

“明天会是世界末日吗？”

“在你们国家，如果月亮被绑架了，你们会怕吗？”

可她还是不回答。

拉尼双眼泛着光，一丝笑容依然挂在嘴角。米拉渴望地看着她，想要知道发生什么，但似乎没人在意这个小女孩。

3

她走近母亲，拉拉她的衣角想引起她的注意。她重复问了好几遍，仿佛在咀嚼着什么毫无味道的东西。母亲狠狠地训斥她，甩开她的小手，怒不可遏道：

“安静，米拉！月亮被乌云劫走了，因为它欠了债。”

女孩又问：

“月亮为什么不赶紧还债呢？”

可母亲正扎进人群里，把研钵递给一位老妇人。

米拉环顾四周，又坐到院子一头。她像片孤零零的枣椰树叶，被眼前的场景吓得瑟瑟发抖。和煦的风静静吹拂，拂动她的衣角。她看着这群女人，她们的眼中只有月亮，此时研钵的声响越发高涨，盘旋直上天际，女人们呼喊着恳求乌云放过月亮。

可是阿布扎比的天空依旧平静，屋后传来宣礼员的声音，正呼唤大家去行月食祷告。

4

班上，女教师正画着月食过程的简图，解释月亮、地球和太阳的位置关系。

透过窗户，米拉注视着那个坐在院子一头的小女孩，当母亲、姐妹们正忙着敲研钵时，她双手环抱膝盖，只想弄明白究竟发生了什么，这些家中事无巨细、悉数掌控的女强人们，怎么变得柔弱胆怯了。大姐不自觉地走着，头巾被风吹得在空中乱舞，她努力抓紧不让它飞走，同时给女人们分发更多的钵，她的面纱高了一点，仿佛它也正抬头向乌云祈求着什么。

女佣拉尼沉默地看着她们。

米拉望向拉妮，这个女人又在想什么呢？为什么她不害怕，不像其他女人一样敲研钵？是不是那个四季常青、雨水丰沛的国度对月亮遭劫这事觉得和乐自得？

那群女人们根本听不见她的声音，她们眼神焦虑、充满了千万个问题。

女教师提问的声音把她从远处拉了回来：

“米拉，你在想什么？”

米拉支支吾吾地，昨天的场景和老师的画混在一起。她说：

“在想被劫持的月亮。”

过了一会儿，她正想坐下，只听一位女生纠正她：“那是月食。”

公鸡的笑声

1

每次听他笑，我都尽力不去想那个问题。但他的大笑声还是穿透脑袋，我只好从案上抬起头望向他，用一个浅浅的微笑掩饰我的惊讶。处长的棕色脸庞呈梨形，两只小眼睛像脸上画了两个点，长长的鼻子舒展开，连着一瓣厚厚的嘴唇，正安详地枕在另一瓣嘴唇上，这是张淳朴的脸。头箍牢牢戴在头上，而他正在哈哈大笑，笑得脑袋和椅子直颤，像是这奇妙笑声的回响，真是不怕头箍掉下来。他的笑声像极了……我能说是公鸡的笑声吗？对，我暗暗对自己说了几十遍，独自偷笑，我可不敢当着别人的面这么说。

2

小时候，有次我说：

“这个女人像只乌龟。”

这话把姑妈气坏了，说：

“可不许这么说，绝对不行！”

还有次我把一个演员比作动画片里的青蛙，姑妈立刻说：

“你怎么说话的，求主宽恕！”

这两件事过去了好多年，我不再当面把人比喻作动物，只敢偷偷在心里嘀咕。

3

那个像乌龟一样的女人跟这个像公鸡一样的男人很相似。姑妈没见过那个女人摘掉头巾揭下面纱的模样。她的脸就像一只老乌龟，脸和胸无缝相接。就像乌龟要缩进背上的壳保护自己，这个女人的心里总是疑神疑鬼，时刻担心有危险伤害到她的孩子们。

而这个我暗自称为公鸡男的人，笑起来就和公鸡一模一样。把他比作公鸡是否还有笑声之外的含义？不知道他是不是也像公鸡一样，对自己多彩的羽毛趾高气扬、自负满满？会不会因为自己领导了一整个部门的女生，就像公鸡一样周围围满了母鸡？他不比我能干，也比不上一些女员工，更比不上她们的资历老，可他是唯一的公鸡，这就是他成为处长的原因，只可能是这个原因。

到底为什么我把处长比喻成公鸡？是因为外形像公鸡一样有彩冠和肉裙？还是因为他高升任我们处长此生不会再有，就像公鸡下蛋，一辈子最多那么一次？

4

我望着他那张梨子脸，期待着再来一阵公鸡笑，因为这笑声多少能减轻——哪怕只有一点——这场会议的烦闷感。我时不时望望部门会议的发言人，听听都提了些什么看法，想努力把脑子里的念头赶出去。可这只手又无聊地在纸上涂鸦起一只梨和公鸡，用我擅长的字体写公鸡二字。

5

我开始反思自己总把别人比作动物的小过错。耳畔不断传来处长的声音，说着些什么我不懂，我在审视自己的内心，挖掘内心深处的东西，为什么我要把人比喻成动物？难道这是沙漠祖先留下的遗物？因为他们把别人比喻成生活环境里的常见物？我有这些念头是不是也算正常，只是出于礼貌别在人前直言？或者这事其实无关紧要，是我过于敏感了？因为姑妈从小管教严格，只要我犯了丁点错，她就恐吓我会下地狱，完全忘了安拉是宽宏仁慈的。

我的心跳在加速，口干舌燥。我在一道道目光下审视自我，就算他们什么都没听到，也一定从我脸上看到了什么痕迹。

6

会议结束前，处长高声说：

“唉，我们今天还没听过你的意见。”

我停下涂鸦，猛然惊醒，像是被突然抛进了海里。只觉得时间在缓慢地流逝，好像就在这沉默中，一辈子已经过完，可大家的眼睛还盯着我。突如其来的意外令我顿时口干舌燥、嗓子眼儿冒烟！结结巴巴地我开口说话，声音却像从紧锁的箱子中传来一般：

“我认为部分发展应该按照明确的蓝图和完善的计划。”

我现在只记得这句话。我不去想公鸡的形象，尽量集中注意力，嘴上不断蹦出能想到的那些词，什么现实啊、绩效奖啊、因果啊、补救措施啊，诸如此类。

我说完后，他点着梨形脑袋，道：

“说得好，那么就由你负责撰写这份战略计划吧，你挑人，别忘了加上会上说的内容。”

过了一会儿，终于完工了。我长舒一口气，对会议顺利结束感到很开心。一些女员工从身旁走过，我连忙藏起稿纸。一位老员工用不悦和挑衅的目光看了我一眼，又不屑地耸耸肩，噘着嘴冷嘲热讽地走了。她就像只试图追上她们的瘸腿鸭。

八月中旬

1

正午时，电话响了，她的声音传来，像来自记忆的密林：

“我知道你回来了。”

“……”

“走了这么多年，你怎么熬过来的？”

她的声音热情有力，依然悦耳，而我的声音则无精打采冷冰冰的。猫咪在厅里转悠，不时在我脚边磨蹭示好。我用自己都讨厌的声音回答她，这声音仿佛是从别人那儿借来的一般。她的话在重启一段古老的友情，而我的话则是一段不明前景未来的退潮。放下话筒，我来回摆弄“咖啡杯”游戏，或许我已经陷入了尴尬的窘境。

2

因为这通电话，这天里剩下的时间我都在对自己的思维方式进行良心上的谴责，同时又对恢复这段棘手的关系感到恐慌。虽然我们曾是闺蜜，但后来因为工作有了分歧，加上家人不断干预，后来我们公司陷入了大笔的债务中，我离开的前两月，公司不得不宣布破产。我倾家荡产，而她则在家人和丈夫扶持下东山再起。天晓得是哪个蠢货把我的新号码给了她。不过所有人都情有可原，我们的友情虽然表面看着光鲜亮丽，可是对我来说已经荒芜一片。要我如何去修补这段情谊呢？独自在外时，只要想起这事便夜不能寐，我费了好大力气不去想它，把它埋藏心底，把它遗忘。可她现在又联系我，又把旧事重提。

修补……这个字眼在我心里飘来荡去。我是觉得良心不安吗？可是事情其实没这么复杂：没有什么友情是天长地久、经得起考验的。我又何必这么想不开？如果这是我的理智在说话，那么我的内心则在唱反调：不要计较，不要让过去来折磨现在。我们会和好如初的，哪怕大家都变了。我望着墙，恨不得一头撞上去，停止这些胡思乱想。可最终还是重新拿起了小说，从被那通电话打断的地方继续读下去。

3

收拾得一尘不染的桌子，一朵快凋谢的玫瑰倚在细细的玻璃瓶口，端放桌上。远处的女服务生正和另一个男服务生争辩，最后还是得要听他指挥。正午，这里的一切都那么慵懒、惬意，而咖啡馆外的生活还在继续奋进。

4

她来了，一如往常般光鲜，就算骂起人来也那么机智。岁月使她更加自信、更具信服力，也赢得了更多朋友，她有多成功，他们就有多失败，这一点从来没有人告诉她。

我开始说话，一边看着咖啡馆玻璃窗外徘徊的猫，它懒洋洋地打着哈欠，露出一口牙。它可真懒散啊！

我嘴里说着些腻歪的话，它们像许多小球绕着我弹跳，我说自己离乡背井、思念朋友，还说很想她这个朋友。黏黏的小球越来越多，它们从我身边跳过时，我下意识地轻轻动了动身子。它们差点就要碰到我了，甚至都能感受到它的黏糊糊、热腾腾。我捂着嘴，一阵作呕。这些小球绕着我跳动，我周围的一切——女服务生、顾客、一张张桌子——都在嘶吼：真是个骗人精！

屋外的猫在咖啡馆遮阳伞下试探地面烫不烫，想舒展身子躺下。小憩之前，它四周顾盼，见了我却什么也没说。

我的脑袋沉沉的，像惊醒的人环顾四周想弄明白自己在哪儿、现在是什么时候。

“你还好吗？”

我抬起昏沉沉的脑袋回答道：

“还好，还好……只是有点头痛。”

我说了好多，都与我的感受无关，也没说到那段我害怕补救的友情。随后，周围的球慢了下来，我长吐一口气，开始说些毫无内容的空话。

猫咪安稳地睡着，咖啡馆员工在后厨忙着聊天，顾不得驱赶它。

我不再编假话，只说些无关痛痒的话，尽量不提以前的记忆、未来的承诺，都是些冷淡的、不带感情色彩的字眼。然后让她说些别的，再问问她一些零碎的、无关紧要的人和事。

5

之后，我去了趟洗手间。

回来后，她已不见人影，只有一张“时光咖啡馆”的小纸条，旁边还放着咖啡钱，她在纸上写：

国外生活改变了你，昔日的热情已无，你像局外人一般谈论生活，仿佛是个陌生的来客。你不再是我过去认识的那个朋友了，除了模样还相似。所以，别了。

猫咪慵懒娇嗔地醒来，见一只公猫正从远处走来，便把背弓起来伸了个懒腰，又用舌头舔舔嘴巴四周，和公猫一起离开咖啡馆，消失在视线里。

她的行为让我略感不悦，不过心底却无比开心。或许这是最好的办法摆脱她请我喝咖啡的尴尬。我对自己的行为微微一笑，向女服务生要了一杯鲜果汁，翻开一直放在包里的小说读了起来。

沙　发

她还记得那一天，她愉快地走入商店，跨过门槛，一件件家具迎面而来，让她的心情好极了，步履也轻快起来，尽管她身材肥硕，腰腹上堆的赘肉像挂着个游泳圈。她雀跃得就像一颗彩色泡泡，买沙发这事她已经盘算了有段时日了，甚至都想好要摆放在哪个位子。这事真是让她喜不自胜，虽然在别人看来这事平凡无奇。一对夫妻从她面前经过，她突然觉得身子一沉，快乐缩小了一点，变成了一颗沉重的球在角落缓缓跳动，接着滚到柱子后面，停在了一张沙发前。这是张双人沙发，深米色，带点金色的感觉。

她要找一张小沙发，一张靠自己那点薪水还买得起的沙发。看了那么多颜色和规格的，只有这张让她满意。第一次站在它面前时，就被它的颜色打动了。而且它是布艺沙发，没人会知道它的内里是实木还是铝合金。她绕着沙发转了几圈，时不时试坐一下，又从不同角度仔细打量。她决定要买下它，尽管它比其他沙发贵。可是，付完车贷再付给妈妈家庭开支后，她的工资还能剩多少呢？这张沙发会让她囊中羞涩的。

她走开又去看挂在墙上的单人椅，它们孤零零的愁云惨淡，还只能坐一个人。坐在上面的人只能卡在两个扶手间老老实实待着，再也容不下第二人，也不能像沙发一样能舒展身子在上面打个盹。这些单人椅色彩鲜艳，可是它们都绝望又孤独地挂在墙上，所有顾客都只是匆匆扫一眼，不会想停下来观看，哪怕只是好奇地观望。她又望了望那张带着金色光泽的沙发，横着走几步，又竖着退到最后一根柱子那儿，她感觉沙发一直在偷看她，关注着她的一举一动。

她盼着再去店里逛逛，离下班还差一小时就请假下班了。她没说请假的真实理由，只说有点私事，搞得好像是和某个亲密的人有约会似的，当然这个想法让她非常满意。当目光落在那张沙发上时，她不禁心旌荡漾；当手触碰它时，她忍不住浑身颤抖。面对导购询问的目光，她回以一个微笑，对方就忙自己的事去了。她在沙发上坐下，阅读起上面的销售信息。她一边抚摸着沙发面料，一边叹息着，然后闭上眼睛想象它摆在房间里的样子，之后又起身坐在陈列厅中央的长形餐桌边，盯着沙发，打量它的色泽与外形，一边呷着咖啡一边与它做眼神的交流，暗自思量要是买了它，剩下的这个月自己要怎么过。

沙发沉默地看着她，诱惑她将它买下，它仿佛在说："带我走吧，我会好好伺候你。"就像传说里的那条鱼对小女孩说："带我走吧，我会让你富有。"当故事在她脑海中闪现时，她不禁笑了出来，想起朋友对她说过："你热爱生活，对一切都这么用情，连对物品都是这样"。她吃着蛋糕，对沙发报以羞涩的微笑。此刻她很幸福，因为沙发正爱慕地看着她，她感觉到那布料正向她传来爱的电波，这股电波传来，充满爱意地触摸着她的右手。她把左手搭在右手上，试着留住沙发向她身体传送的颤抖。她看见自己蜷缩在沙发上午睡，坐在上面看杂志，节假里则躺着慵懒小憩。

沙发正与她你侬我侬，忽见一男一女站到了沙发身边，而导购恰好挡在了她和两人之间。她气得直哆嗦，觉得怒气像陀螺一般从她愤怒的胸膛冲出，许多红色的陀螺在她头顶上方上升盘旋，她的头就快炸裂。她暗自思忖，竟然有人敢从我的手里抢走这沙发？这件事绝不能发生。

男人拉起妻子的手温柔地抚摸，然后与那只画着海娜的手十指相扣，看来两人正是新婚宴尔时。男人笑着回眸望向妻子，松开手，在沙发上坐下，一只手放在靠枕上，另一只手搭在沙发靠背上。

“这是我喜欢的颜色。”她走近时听见女人这么说，而导购则在一边强调店里这款沙发只剩这一件了。

她惊慌失措地慢慢走过去，眼前的景象在消失、瓦解，再出现时，她看见一片白云中两夫妻正坐在沙发上，男人热烈地拥抱女人，而女人则欲拒还羞。她几乎都想到了他俩……走得越近，越发清晰地听见两人的喘息声，听见那甜言蜜语流淌进沙发深处，而男人身上的香水味和烟草味正一点一点渗进沙发面料。

她走上前，妻子还站在原地，丈夫还坐在沙发上询问是否能把这沙发和选的其他家具送货上门。她面朝两人，心里涌起对这妻子的厌恶之情。就像一头护犊的母狮，她站到了卖家与妻子中间，闷着嗓子道：“对不起，这件家具我先挑了的，正在办理购买手续，现在来拿剩下的信息。”她的声音和目光空洞又冷酷，就像沙漠正午炙烤下的树干。

男人望着妻子，低声说着什么道歉的话，就像在无趣地嚼着一粒开心果。他牵着妻子的手走了，留她独自在那儿。她把购买单递给商家，然后像那个男人一样坐在了沙发上。

她想象自己在家中躺在这沙发上的模样，却嗅到了那个男人残留的香水味。这充满力量和雄性的香味一下填满了她的灵魂，带她飞到遥远的国度。她闭上眼，感受身边空荡荡的位置。在想象中，她看见一位妻子怒目圆睁，便一点一点把她推开，请出了房间。

乌姆·桑古尔

玛利亚试着入睡，哪怕只是打盹几分钟，可夜很快就去了别的国家。她想着自己的烦恼，读不进书也做不了什么事。她把手放在肚子上，想起那个调皮的小孩问她肚子里有什么时，自己说的话，她苦兮兮地回答：“只有米和肉，没别的了。”

她真希望自己怀孕了，这样就不会再有人问她那些无聊的问题，不会再有人督促她生孩子，说什么养娃可以打破单调的生活，让那些对她私生活指指点点的人都闭嘴吧。

伊萨醒来时，注意到她的不安与忧虑，但她回答说：“没什么。”短短一句却耐人寻味。他盯着她看了一会儿：眼睛直视她的双眼，而她却想逃避这目光。他厉声道：“发生什么了？”她终于无力抵抗，躲开他的目光，看向别处，结结巴巴地说：“伊……伊萨，我……我去医院看了，安拉保佑，我没问题。你应该……应该……去检查一下……”他怒呵：“说什么呢，你疯了！”

他的左手娴熟地揪住她的头发，一把扯到面前。她面色苍白，毫无生气，只剩两只乌黑的眼珠子透着僵硬的目光，他定睛看着，狠狠地说：

“如果你再说一次，我就杀了你！”

接着一记耳光落下，她一个趔趄失去了平衡，像一片秋天的枯叶落在了地上。

……

从占卜婆乌姆·希沙姆到预言师乌姆·胡斯尼，还有那个丢片树叶进温水就能沸腾的菲律宾女佣……都说她马上就会怀孕的，可到底还是没发生。

她与哈莉玛去找了迪拜的一个神婆乌姆·桑古尔。玛利亚思前想后，终于启齿问：“哈莉玛，我是个三十岁的女人，受的教育不多，虽然我也努力读书来弥补自己的不足，可你读过大学，又在大学工作，怎么会怂恿我去找神婆呢？”

占着满满的自信、文化和冒险精神，哈莉玛回答：“我只想用一切方法帮助你，管它是什么……或许这能解决你的心理问题，这种法式的作用是激发你被压抑的潜能，释放那些负能量。要是你体内的精灵拒绝让你生育，我们就跟他定个约，满足他的需求。”

玛利亚又问：“所以说，它就是释放恐惧和被压抑的能量，就好比让一个女人进入大海，让大海带走她的恐惧……然后她就会怀孕……就是说问题出在我的内心……”哈莉玛回答：“正是，据说这种法式并不是驱走精灵，只是让他镇静不要害人，让他与人和解。”玛利亚微弱的声音让这一路无聊透了：“安拉保佑”“明智的主”。

乌姆·桑古尔看着她，像读着一行行模糊的字词，玛利亚心慌不已，她四下打量房间，好转移不安的情绪。靠墙摆着一张大床与墙壁平行，乌姆·桑古尔坐在色彩缤纷的绿色床单上，房间里挂着各式各样的动物头角，她的周围摆放着一圈公牛和公羊的标本。香料混着香水，在房间上空自由飘散。乌姆·桑古尔穿着布卡尔，戴一副眼镜，巨大的镜框让她的模样显得有些滑稽，眼睛显得更大了：

“玛利亚，只有通过这个仪式，我们才知道精灵要什么。那时，他会跟你交谈，放开你。你会怀上十二个孩子的。”

乌姆·桑古尔抓起一块沉香丢进香炉，说：

“我的甜心，你得带来一只没了娘的红色独眼公山羊，一个放着沉香条、乳香的盘子，还有玫瑰水和坚果。”

路上玛利亚嘲笑道：“我去哪里找一只没了娘的红色独眼公羊？”

哈莉玛立刻接话：“玛利亚……这是什么话？你还想让精灵再对你怎样吗？主啊，宽恕我们。圣主啊，圣主。”

玛利亚不作声了，眼前的这个哈莉玛太适合去当神婆了。

乌姆·桑古尔，我走进你的家，这里到处是红色、黑色的公山羊和打着瞌睡的母鸡。我来得早了，仔细端详了你的传统住宅：电话放在高高的架子上，大大的客厅通往厨房，厨房里堆着焚香、香料、盘子，男男女女们轻快地走动。我并不觉得自己能在这个仪式里起什么作用。我靠墙坐下，在负责仪式的神婆房间里，哈莉玛挑衅般对我说：

“对了，一些有名望的人士也会来，但他们都不明说身份，有同伴代表他们，”冷笑一声，“这就是乌姆·桑古尔，靠安拉吃饭。”

神婆走近我，抓起我的手，把罗勒叶、茉莉花和玫瑰花水洒在我手上，又让我坐在来客们中央的地毯上，只听见鼓手的哼唱，他反复唱诵道："穆罕默德是我们的荣耀，是所有的荣耀……他出生在星期一的正午时分……"接着神婆用一块祷告专用的白布盖住我，在我头上洒上玫瑰花水，一边呼喊着先哲的名字，接着听她说："圣主啊，你的法……你的法。"再往后就什么都听不懂了。喧闹的鼓声中，来客们随着乌姆·桑古尔发狂般的声音击掌。

我坐着左摇右晃，身旁也是一群左摇右晃的女人。晃到觉得有些眩晕了，神婆让我站起来，粗暴地抓着我，开始唱着歌拉着我旋转。我的双手在上空费劲划转着气流，脑海中是零散的画面：逐渐从眼前消失的迪拜城、童年的回忆、从枣椰树上摔下来的我、想要孩子的伊萨、母亲的念叨、邻居们窥探下的人生。在一幅幅画面中，神婆的手正抓着我，她用力拽了我一把，让我坐下，她响亮的声音说道："圣主啊，你的法。"我掀起罩子的一角，看到一个非常胖的男人，跪坐着，用力耍着胸膛和双手。他的动作跟我的非常相似，嘴里反复念叨着听不懂的话，说完又不停地磕头。过了一会儿，神婆用棍子敲打他的头，他便歌唱着抬起头来。

神婆又推我去舞动、摇摆。我站住，用力摇摆、舞动，也许这晚还会有别的什么。鼓声大作，那伤口在我心里深陷，我觉得头晕，可眼前分明有一个孩子在微笑，我摇摆着，疯狂地舞动着，世界在一点一点消失。

我大喊了一声，倒在了圣主脚下。圣主啊，你的法啊……原谅我，如果我的喊声刺破了鼓鸣声，压过了鼓点声，请原谅我。

妇产医院，就像她梦想的那样，伊萨向她走来，可是却没有抱着她的孩子。两滴泪珠在她脸庞痛苦地滑落，他说："愿主宽恕我们。我们还没看到我们的孩子就失去了他。"

她啜泣着回答："愿安拉原谅我们。在失去这个孩子之前，我们已经失去了对他的信任。"

医生走上前建议道：

"先生，你的妻子来迪拜一路太辛苦，你还让她忙活你们亲戚的婚事，她过度疲劳摔倒了，下次要当心。"

医生看了一眼她的病历，对她说了些祝福的话便走了。

玛利亚望着窗外，大海一望无际地铺陈天边，她轻声说了句："主啊。"

场 景

我是一张原木床，我的意思是我是纯实木制的，不是什么复合板造的。我摆在正对着房门那堵墙的中间。那位丈夫正躺在我身上安睡，胸膛随着有节奏的鼾声上下起伏，那位妻子右侧卧，背朝男人睡着。

从哪说起呢？从这夜两人的反常迟归开始吧。她像往常一样采用右侧卧睡姿，之所以不仰睡，是为了避免压迫大脑的记忆中枢，不采用左侧卧，是为了避免伤害心脏。啊，我真喜欢这些细节！我听她这么对丈夫说，而他只是笑笑，不做评价。她像被困在网中的鱼，烦躁不安。尽管她的体重尚不至于让我身负重荷，可这夜她还是让我紧张不安。我暗自寻思，他们进门前吵架了？或者是个小分歧，他用一贯的方式解决了？要不然他也不会自己睡了，却留她整夜未眠。她的烦恼，她的呼吸，还有那低低的啜泣似乎都在说着什么我不知道的事。

没有人能像我这样了解他俩。他俩在我身上争吵，和解，事无巨细地讨论工作、孩子、保姆问题、每日琐事。事情在这里开始，结束，而我则是另一个唯一，是两夫妻之间的第三人。

我很忠诚，不会说出秘密，总是假装沉默。我尊重这位三十岁的女士，之前家里的女佣美其名曰打扫卫生，实则重重地殴打我，是她救了我。这位女士在清晨唱着歌，温和地整理床单，让掉下的头发和皮屑落到地上。有次我听见她对邻居女人说，幸福的女人总是在清晨唱着歌整理床铺。

你们别奇怪她说的话。我听她说过，有人将美丽的床解梦为幸福婚姻的预示，那我为何要不信呢？我的确听到她念着一本书的内容。好的，我会试着记起书里都说了些什么……我听见她和女伴讲电话，聊着解梦的事。对，对，我们家的人都靠听和看来学习，我们的记忆力都不错，我们跟主人很像，学识像，梦想也像。那天真的太棒了，我对自己越发有自信。哎，你们听好了，丈夫还在熟睡，而她则在床上辗转反侧。

那位作家说，床和所有睡在床上的人都表示女人。是的，床是个女人，这可太妙了！不管是谁，只要梦见自己睡在床上，失去的东西就会复得，他的梦境意味着幸福与荣誉。不过我更惊叹他对梦见部分床体的解析！正面代表丈夫，背面代表妻子，床头代表儿子，床尾代表女儿和用人。他就是这么区分人的呀，我可不这么分，我根据他们对我的爱而不是他们的性别。我觉得奇怪，为什么女人的命总是差一些呢，就连解梦时也一样？不过，现在并不是讨论这位作家观点的好时候。他还说，床竖起来就代表病愈和婚配。要是床毁了，那做梦的人就惨了，这表示他会失去权势、与配偶分手。不好意思，我借用了作者的话。

过去，人们能感受我们，可现在我们迷惘了，因为他们身边有太多东西了。我并没有想为任何人开脱的意思，只是想客观公正一点。我也绝不会用那些他们不愿提起的词，因为我也像你们一样感性地生活。

晚上她伤心地走进房间时，我佯装什么都不知道，故意盯着对面镜子中自己的模样。然后，我注意到窗帘和桌子上的快乐鸡蛋。我并不迟钝，他俩时常会有分歧，我见过她千万次发誓说不管他怎么弥补都决不原谅。为此，我得承受她的烦恼与伤心，可到了他来示好时，她什么都忘了。我烦透了这种感情游戏，烦透了这种攻防。她跟他和好了，我却得好几天承受她对他的负面情绪。有一天夜里，相信我，我差点把睡着的他扔到地上，恰好她醒来为他盖被子，我才放弃了念头。虽说床也是个女的，应该与女人们惺惺相惜，但是从那天起，我试着把自己的情感和她的情感分开。

黎明即将唤醒这世界，我仍在想着这个女人的事，努力整理这天发生的事情，想弄明白到底发生了什么……她正去洗手间，关上了门。

不知她在洗手间里做什么？我为她难过，想着她可能在角落哭泣，抽打自己耳光。这个世界容不下女人们的烦恼，只有洗手间的角落能让她们安身，女人多不幸啊！她是不是伤心得吐了？晚上回家时，她眼睛红肿、面色苍白，我感觉我懂她的苦。她常常看着镜子，不知向它吐露了多少心声！她对着镜子发誓要好好爱自己，我不懂她说的到底是什么。那个丈夫总是匆忙而过，只是停在镜前剃个胡须，人们说他过于务实理智、雷厉风行，而她则像大多数女人一样多愁善感。

她再次回到我身边时，丈夫还在沉睡。我努力想听清她的低语，但床只是床，能力有限。我不懂，她这低低的啜泣声到底是想弄醒他，还是真的压抑不住？他看了看另一面洗手间里的镜子，知道她哭了很久，反反复复念叨着朋友的名字。是的，她那个得了不治之症的朋友，看样子已经离世了。

我试着整理思绪，重新拼凑场景。

两人走进房间时，她难过地低声向他诉说朋友的事。我没听清说了什么，但他嘀咕了一句空洞简短的话，大概是主佑她的意思。他不顾她正哭泣，一把拉过她，她僵成一块，难过地拒绝，反抗，却又安静地屈服了。过了一会儿，他放开她，任她如一块冰冷的木板，在夜的浪中飘零。

羚羊与鳄鱼

她走进客厅，弟弟们正在看一个关于鳄鱼的节目，靠垫丢了一地。她抿住嘴，像往常一样，一边整理垫子，一边警告不要再这么做了。她轻轻敲了敲母亲的房门然后推开，只见母亲正在专心祈祷，一身白色礼拜服，似乎环罩着光芒与宁静。她回头朝客厅走去，拿起一张报纸坐下。翻了几下，目光停在一则占了半版篇幅的新闻处。他的照片中，目光凝视、中正，细细的镜框增加了不少庄重感。他昂着头，头上是头巾和头箍。

她把报纸放在桌上，时不时地瞄一眼，再看看弟弟们和客厅的窗帘，然后再瞄一眼报纸。她是位主管，年轻、美丽，有自己的房子和孩子。她年纪不大，却在极短的时间内成了一名主管，所有认识她的人都忌妒她，甚至是比她年长的姐姐们，所有人都在问她秘诀，她总是寥寥数语回答："勤奋，还有妈妈的祈祷。"

他眼睛似睁似闭，从薄薄的镜片下向外看，别人觉得他在探测他们的内心。他冷淡、不带情感地一直看着他们，眼睛眨也不眨，目光刚抽离就能感觉到面前人的紧张，那人会开始咬嘴唇、咽口水、浑身发抖。

他不知道自己是怎么迅速晋升到那个高位的，但他认为这就像条死胡同，当人们发现时回头已难。他从哪里来的？走后门进来的？对别人而言，他就是个空降兵，没有任何记忆。不过待面对这片新领地的威仪感时，这些问题全不见了；面对那犹如圆圈般不知头尾的权势的蔓延，那些疑问号都隐匿了。

他过去总是站在某位领导人的右边，有的照片里，他的脑袋还会从那位人物的肩膀后头露出来，显出自己的权势。他为自己制造出一圈光环，对于离得远的人，这是一圈威严又平和的光环；对于共事的人，这是一圈恐惧又紧张的光环。讲话前，他看看周围的人，好引起大家的注意，再故意清清嗓子，半闭的嘴里蹦出简短果决的字眼。

渐渐地，她和弟弟们一起沉浸在节目中了。看到鳄鱼时，她的目光迅速划过他的照片。

屏幕上的羚羊并不知道鳄鱼的存在。鳄鱼四脚着地，从另一头静静地潜入湖中，四脚划水，耐心、警惕地向前游去。

她记得自己升为副经理的时候，公司里有些轻微的财政违规现象，不是很严重，可以抹平。到了她当上公司经理了，才知道公司内部腐败的规模有多严重，新上任的喜悦感荡然无存，每晚躺上床都觉得紧张不安。

鳄鱼们擅长水中埋伏，只露出背部一小部分，这让羚羊放松了警惕。一只羚羊冲上前，跌跌撞撞就要往水里去，尾巴紧张不安地晃动，不过它又停下了，踱着小步朝另一个方向去。

她读完报告，确定存在行政腐败和财务违规现象，便叫来了财务主任，主任向她解释了所有她想了解的。他按下几枚大头针，挥着手脸色苍白地说："前主任就是由于这件事情跳槽的。"他收拾着报告，而她咽了咽口水，此后再也没叫过他。

羚羊在水中刚走了几步，鳄鱼突然抬起头，与羚羊背部平齐，水花湍急，水珠和泥土四溅，安静清澈的湖水变得混浊，羚羊惊慌地看着，吓得动弹不得。

财务主任对她说，现在别无选择，要么保持沉默放任之，要么辞职，要么就是正面此事然后像前任一样离开。他离开的时候又说："就是这些选择了，除非女性的智慧能想出不一样的办法。"她没回答，只是盯着面前挂的那幅画。

鳄鱼咬住了羚羊的两条后腿，拖进水底淹死。过了一会儿，它抬起头，吞下羚羊的腿，双颚咬住肚子，血从它的脖颈流下，与水混在一起。

她又看了看报纸上的照片，她并没有把情况反映给他，而是交给了他的助手，希望能知道事情的真相以及他们对此事的了解程度。她并没有将事情描述为行政腐败或财务违规，只是提出一些发展建议。可他的助手只和她聊什么包容与宽恕，对账上数十亿不翼而飞的数字熟视无睹。

她觉得头有点疼，觉得很累。母亲走来坐在她身边。年轻姑娘紧紧抱着母亲，什么话也没说就开始哭泣。母亲擦去她的眼泪，为她祈祷，说她是令人艳羡的，有哪位姑娘能够如此快速地升到这样的位置？

鳄鱼吞噬着整只羚羊，双颚咬住它的头，羚羊还想挣扎，却被紧紧咬住，一口吞了下去。

M……玛利亚

阿布扎比展会上，她笔直地站在自己的铺位中央，放下了脸上的面纱，尽管儿子坚持要她掀起面纱。但她看他的眼睛说：“我怕熟人看到我。”女人们来她店里买香料、黄油、调料和酸菜，身旁的小儿子在拥挤的铺位上依然活蹦乱跳，他的双手灵活地从金字塔般的罐头堆里拿出调料、香料，把它们放进袋子里，记下卖出的罐头数。他凑到妈妈耳边轻声说：“展会第四天，我们差不多已经凑齐了店租。”她回头看他，他看到她的眼中放出一道美丽的光。她轻拍他的肩膀，迅速亲了他一口。然后一下倒在椅子里，盯着墙角，想起了她在玛齐德市场的日子。

她背靠着墙，望着艾因区玛齐德市场的天花板，身边同伴们一个挨一个，身体就是每个卖家的距离。七月炎热的天，她的脸上沁满了小小的汗珠，她用自己黑色的手帕擦去汗水，以免布尔卡被汗水破坏了颜色。她是这群人中年龄最小的，但是已经在这里工作了许多年头。她的五官很美，大眼睛，长鼻子，面纱服帖地罩着，遮住她柔软的双唇。她的手时不时摆动着收音机，眼睛却观察着市场上的动静，等着上午十一点后姗姗来迟的顾客。一天没过她已经卖了一点东西，而且几乎没有低于两百迪拉姆的。相反，她的同伴们可能一天什么也没卖出去。

面前是集市的路，商铺在两边一字排开，中间是条宽阔的走道，道路两边站着拉着手推车的印度商贩。市场有多处入口，玛利亚过去曾经坐在某处入口，背靠着墙，焚香瓶和一盒盒熏香整齐码放面前，旁边是醋瓶、黄油罐头，尼龙袋里露出大饼的一角。正午懒洋洋的，她喝着咖啡，鱼铺的生意多了起来，而市场另一头却静了下来，只听见劳作的动静。

玛利亚想着如何开一家小店，社会事务的工资太微薄了，只够她用几天，而她还是个单亲妈妈。现在的坐姿让她的背很不舒服，女人们的眼色也让她紧张。不过她并不理会她们，只是想着找别的解决方法，摆脱目前的工作陷阱，离开这个小地方。过去，这是自己最大的希望，而现在她要考虑她的孩子们，他们已经长大了。哈穆德，在店铺间蹦蹦跳跳卖绿柠檬的小家伙，很快就要结束假期升小学二年级了，又要重新留她一个人孤孤单单在市场里。女儿莉姆现在在市政府工作，几年前她告诉女儿自己和另外一位女士在玛齐德市场边上开了一家小店。一个小小的谎言，女儿问她母亲职业那一栏怎么填时，她说自己是女企业家。最重要的是女儿不会因为她的工作蒙羞。只有哈穆德知道她所有的秘密，他生气的时候就威胁说要告诉莉姆真相。但她很快就安抚好他的情绪，有时还会买个小玩具奖励他的沉默。

无聊烦闷中，她重新整理自己的斗篷，看着顾客，搜寻着哈穆德，只见他正在说服一个女人用十迪拉姆买下一袋绿柠檬。他走来从垫子下抽出一本旧书，她拉着他的手坐在她身边，她快速翻动书本，把手放在字母上，哈穆德指着字母读：

“这是M[①]……M……M……玛利亚。”

又指着图片说：

“玛利亚是个小女孩。”

她小声对自己说：“M……M……玛利亚。”

一位优雅的女人走进市场，他重新拿着柠檬袋子跳了起来。没过几秒，他手里的袋子就到了女士身后的用人手上。哈穆德回来拿剩下的袋子，她看着书，轻轻叮嘱儿子别走远。

“他老了之后，作家们都离开了。”

她从这句话中回过神来，她不知道这话是谁说的，一阵痛苦突然袭来，她把书扔得远远的，感受女人们的忌妒带来的快感。她轻声念着“M……M……玛利亚”，这个字母像一个小圆圈，向左边延伸一点又笔直向下拐，像一个连接着圆圈的数字1，按哈穆德的话说就像一根拐杖。女人们在她旁边挤眉弄眼，而她盯着墙壁最高处念叨着，“M……玛利亚，M……店铺[②]。”

“姑娘，看看香料、醋和黄油吧。”

她听到自己的名字，“是的，我是玛利亚”。她对这位从迪拜来的专门找她的女士笑了笑，把所有的熏香都卖给了她。

当她听到“政府”时，立刻显得坐立不安。她迅速离开铺位，留下一群泰然坐着的女人们，她混在鱼店的顾客群中，又向着蔬菜店走去。

---

① M，mim，阿拉伯文的字母之一。

② 阿拉伯文的店铺一词以字母mim开始。

政府检查员在店铺间巡视，确保卖家价格是否合理，以及店铺是否整洁干净。她的目光追寻着女儿莉姆，她正站在女人们旁边，和声和气地问着什么。她的心不住地狂跳，要是公务员们知道她的母亲是地摊主该怎么办？她刚刚还坐在她们旁边。要是她的弟弟哈穆德现在叫她怎么办？她现在希望哈穆德离市场越远越好，要是她和儿子能变成尘埃多好，或者变成两只谁都注意不到的小虫子。女儿莉姆出落得亭亭玉立，落落大方，就像大户人家的小姐，她多想骄傲地高声大喊："她是我的女儿！"但她的声音只能藏在心里，就像她纤弱的身躯只能躲在水果箱中间一样。她心中五味杂陈，既有对女儿的骄傲，也有对自己的羞愧。

政府检查员走后，她才安下心来，把头从箱子后伸出来叹了口气。印度商贩向她投来惊恐的眼神，好像她是一个被当场抓获的罪犯。她看着检查员行踪的时候，他也在看着她吗？他可能觉得她是一个小偷，或者是违法了，或者就当他知道自己是个杂货摊主？她平静地笑了笑，两人心照不宣都不说话，她心情愉悦地走了出来，手上拿着一个装着红苹果的袋子。

她向那个说话的人笑了笑，注意到正在询问她店铺的女人。她两眼放光，觉得店铺已经开业在即，便又自言自语道："M……M……店铺。"

نهار الظباء

فاطمة حمد المزروعي

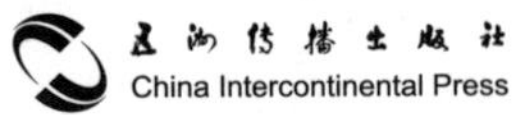

المحتويات

وجه الشبه..1

جمعة المغنّي..6

الشرخ..10

الصوت الخشن..12

القمر المخطوف..16

ضحكة الديك..19

في ظهيرة أغسطس..23

الأريكة..27

أم صنقور..30

المشهد..34

الغزالة والتمساح..37

ميم...مريم..40

وجه الشبه

كان يومًا عاديًا من أيام فبراير. يوم خميس، أتذكر ذلك جيدًا. ذهب أهلي كلهم ما عدا والدتي، واصطحبوا معهم أولادي إلى جزيرة الشويهات. وعدت في ذلك اليوم من عملي مرهقة، وبدلًا من أن أتجه إلى بيتي دخلت بيت أبي المجاور، فقد كان زوجي مسافرا في مهمة عمل، ولا أحد معي في البيت، لذا تغديت مع أمي وأنا أمني نفسي بإجازة نهاية أسبوع أتفرغ فيها للكتابة والقراءة.

حين صعدت الدرج إلى الطابق الثاني قررت أن أنام ساعتين، وبعدها سأتفرغ للقراءة، هذا ما قلته لنفسي مستمتعة بكوني بلا أحمال ولا مسؤوليات. استيقظت من النوم وأنا أعاني من صداع قوي. تحاملت على هذا الصداع الذي سيشطر رأسي. نزلت إلى الطابق السفلي فوجدت البيت غارقا في الصمت. دخلت المطبخ الذي كان نظيفا فأعددت قهوة تركية، نظرت للصينية التي بين يديّ وقد أضفت بعض ألواح الشكولاته، فشعرت بالرضا لأن القراءة والكتابة تحتاجانا دائما إلى شكولاته، وهذا تبرير يريحني من تأنيب الضمير ومن هاجس سمنة مفترضة، لا أحسب أني أعاني منها.

في غرفة نومي أزحت الستارة قليلا، ومسحت المنطقة بعينيّ، كأني أطمئن على العالم قبل أن أمضي إلى القراءة. وبعد ساعة كان الصداع قد تلاشى، وقرأت خلال ذلك جزءا من رواية بدأتها بالأمس، ثم عدت من جديد لأنظر من النافذة،

المنطقة كما هي غير أن أطفال الحي في بيوتهم، على غير العادة، ربما يشاهدون التلفزيون الآن، لكن عينيّ توقفتا عند منظر غريب، كنت أنا فيه بعباءتي أمام البيت وأطل على تلك التي تنظر من الشرفة.

تسمرت في مكاني، وكتمت أنفاسي، ولفتني قشعريرة أدارت رأسي، كان شعر جسدي كله يتماوج ذهابا وجيئة كأنه دبابيس تحرثني بلا رحمة. أتلك التي تقف أمام البيت هي أنا؟ أم أنا التي تنظر من الشرفة؟ أمسكت طرف الستارة وكورته بين أصابعي المتوترة، أنعمت النظر إلى تلك، وتحركت بل طارت يدي مني لترتطم بفنجان القهوة فانسكب على السجادة. ولا أدري كيف نزلت الدرج، ولا كيف صرت أمامها وجها لوجه.

هذا ما حدث لي حقيقة وليس جزءا من القصة التي كتبتها قبل أسبوعين، والتي تبدأ بحين سمعت في المرة الألى ما قيل لي ابتسمت، ففكرة أن يوجد أحد يشبهك ليست أمرا غريبا، ثم يكتشف المرء بعد ذلك أن التشابه ليس إلا في الملامح العامة، وأن خيال الآخرين يبالغ أحيانا في تصوير ذلك الشبه. وهذا ما توقعته عندما أخبرتني زميلتي في الدورة التدريبية عن شدة التشابه بيني وبين أخرى تسكن في الحي الذي عشت فيه ووصفت لي بيتها، لكن قصر الدورة وانشغالنا بالتعرف على الآخرين لم يتح لها مجالا للحديث عن هذا الموضوع.

وبمرور الأيام كنست تلك الحكاية الصغيرة من ذاكرتي. فلو كان حقا هناك تشابه بيننا لربما أخبرني أحد بذلك على مدى تلك السنوات، فليس بين بيتها وبيتي سوى شارع رئيسي يقسم منطقة الخالدية في أبوظبي. فبينما يقع بيتها خلف الحديقة العامة المطلة على الشارع الرئيسي، يقع بيتي تحت خزان الماء الرئيسي فوق ربوة صغيرة محاطة بالأشجار. إن الأمر جد بسيط واحتمال الشبه الكبير بالتأكيد هو من صنع خيال زميلتي، التي ما إن رأتني مصادفة في العباد حتى تساءلت من جديد: ألم تري تلك الفتاة التي تشبهك؟ وأخذت تقسم أنها طبق الأصل مني، وأن من يعرفني جيدا لن يفرق بيننا حتى أمي التي ولدتني لن تعرف أيا منا هي ابنتها.

شعرت بالصدمة من كلامها، ولأول مرة تسري القشعريرة في بدني كله، تلفه بسرعة هائلة ومدوِّخة، في حين وقفت خلف رقبتي شعيرات قصيرة مستفزة وحائرة. لقد أرعبتني

ثقتها بمدى التشابه بيني وبين تلك. ورغم ذلك تماسكت أمام تأكيدها، وغلفت مشاعري بابتسامة رقيقة متوترة، في حين جاء صوت الممرضة مناديا على زميلتي لينهي حديثنا. سيطر التوتر عليّ وازدادت نبضات قلبي، ولكي أزيح هذه الفكرة قلت لنفسي إن زميلتي قد تكون ممن يبالغون، غير أني ظللت في ذلك اليوم أعاني من بقايا هذا التوتر، وكنت أكرر كي أخفف توتري وأخدر رعبي من كلامها: بتأكيد هي تبالغ، هي تتوهم الشبه، لأنها رأتني مرتين فحسب فلا يمكنها أن تجزم بذلك.

حين أجبت على هاتفي النقال، قالت لي مباشرة:

هل كنت في جمعية أبوظبي التعاونية؟

صدمت من صديقتي مني التي قذفت سؤالها في مسامعي من دون مقدمات ولا سلام، وتسربت من بين شفتي (لا) بصوت خافت قليلا، وبلا أي طعم أو شعور.

أحسست بأن الزمن قد توقف، وعاصفة عبرت بي في لحظة خاطفة. وجدتني في قعر بئر باردة مظلمة في مكان منقطع، لا أرى شيئا أمامي، وقدماي تتأرجحان في الظلام والفراغ.

- ألو ألو.. هل أت معي؟

ازدردت ريقي، وحاولت ترطيب لساني من هول المفاجأة، فحتى مني صديقة عمري لم تكن متأكدة.

وثم... أكملت بقية القصة التي أتخيل فيها شبيهة لي، وكتبت رسالة إلكترونية وبعدها ضغطت على الزر فأرسلت قصتي للملحق الثقافي لتنشر.

إلى هنا يبدو كل شيء عاديا جدا، لامرأة تحاول أن تعمل من فتات تعليقات عابرة قيلت لها قصة طريفة، هكذا تخيلت. وبالأصح أردت أن أتخلص مما ترسب في داخلي من كلام زميلتي رغم أنني لست متأكدة منه، وما قالته صديقتي مني التي تخلط الجد بالهزل، فيغدو الفارق بينهما عندي خيطا رفيعا، ولا أدري إن كنت صدقتها في حديثها عن الجمعية التعاونية. وهنا أجزم بأن ذلك كله حدث حقيقة، لكن ما حدث في ذلك المساء غير كل شيء، طاردتني لعنة قصة كتبتها ونشرتها، فاختلط الأمر علي.

لكنني الآن أمامها، هي ليست فتات تعليقات ولا من بنات أفكاري، هي أمامي

أستطيع أن ألمسها، لقد رأيتها، نعم رأيت نفسي أمامها، حدقت في عينيها خلت أنني متماسكة قوية الأعصاب، وأنني أنظر في مرآتي، فحركت يدي فلم تتحرك يدها. هي ليست مرآة إذًا لأرى فيها نفسي، بل أخرى. التفت وعيناي أمامي قد خرجتا من محجريهما، كنا امرأتين اثنتين. غير أني تهت، فقد كنت هي بالتأكيد. كأننا خرجنا من قالب واحد. والهزال هو ذاته مع وجنتين بارزتين ورموش طويلة، لكنني لم أر باطن كفيها، ولا كيف رسمت فيه الخطوط. والعالم حولي هل تبدل؟ أستطيع أن أرى أن الحياة في ذلك المتر، الذي كنا نقف فيه، قد تجمدت، في حين شاعت فوضى رهيبة في داخلي واختلط الأمر علي فلم أدر ما إذا كان نائمة أم مستيقظة أم مخدرة. ركزت نظري في عينيها، وبدت الحياة في محيط نظري عادية جدا، فالبيوت ثابتة في مكانها، وبعض السيارات متوقفة أمام البيوت، ورأيت طرفا من قارب جارنا المصبوغ باللون الأزرق. لا شيء مختلفا في هذا الأصيل، غير أن هواء فبراير البارد كتم أنفاسه حولنا، والشمس ألقت جدائلها، بعد تعب يوم طويل، على البيوت. ليت النور يسقط في قلبي كي أفهم ما يحدث، أو يزداد فيحجب الأخرى فلا أقدر على رؤيتها. لقد أقفر المكان في ذلك المساء وبقيت وحيدة لا أدري إن كنت حقا متزنة وقادرة على الوقوف لدقائق أخرى.

كنت أنا تلك، كنا تمرة شقت بهدوء إلى نصفين، لكن لون عينيها كان مختلفا؛ ليس أسود ولا بنيا بل مختلف. أمسكت بيدها ويدي ورفعتها معا قليلا كأنها يد واحدة لسيدة ممتلئة. وبدت هي مبتهجة بملابس أخرى لا تشبه ما ألبسه من ثوب مطرز. فملابسها فيها رائحة بلاد بعيدة وتقاليد لا أعرفها. أنعمت النظر، والأفكار دوامة تعتصر بقايا أعصابي. فأمي لم تلد معي توأمًا، ولم تتزوج غير أبي، فمن تلك إن لم أكن أنا هي؟ ما زالت قدماي مزروعتين في هذا الشارع الخالي، وأنا وحيدة في مساء غريب.

تنظر إلي مبتسمة بلا دهشة لشدة تشابهنا، فهل الأمر عندها عادي؟ بيد أنها تحملق في عيني فتربكني، كانت العروق تحت جلد رأسي تنبض بقوة، وأشعر بأن رأسي سينفجر، تغور بعينيها الملونتين في عينيّ، أبلع ريقي ويزداد ارتباكي إنها تدلف داخلي لعلها تسلبني ذاتي، وحدي الحائرة وهي مطمئنة. لعلها تدرك ذلك الشبه من وقت طويل قبل أن أدركه أنا. فأين كنت أنا حين ولدت وكبرت؟ وليس بيننا سوى مسافة قصيرة؟ كيف

لم أرها ولم أدرك وجودها قبلًا؟ هل كنت من قبل عمياء لا ترى، وطرشاء لا تسمع؟

أخرجت من جيبها صفحة من الملحق الثقافي مقصوصة بعناية، وأعطتني قصتي تلك. ولفرط دهشتي، ولكثرة ضجيج الأطفال الذين فارت الأرض بهم فجأة، لم أسمع منها سوى جملتين بلغة عربية مكسرة:

- أنت أنا، وأنا أنت.. وفقدت كلمتين، والتقطت كلمتين اليوم وغدا.

وغادرتني، بل الأحرى غادرتها متجهة لبيتي الذي لم يكن خلف الحديقة العامة كما قيل، بل جميعنا نسكن تحت خزان الماء، ويفصل بيننا شارع صغير.

في اليوم التالي حين سألت الأطفال عن تلك المرأة، لم تكن إجاباتهم واضحة. وبقيت بعدها في حيرة مركبة لتتوالد الأسئلة بلا إجابة، لكنني أشعر بوجود تلك الفتاة، غير أن الأسئلة بقيت معلقة من موقف ومن بقية قصة.

بعد أيام قال الأطفال لأمهاتهم إن جارتهم تلك لم يعد لون عينيها أسود، وأن حديثها صار بعربية مكسرة.

جمعة المغني

فلل حديثة تطل من خلفها بنايات جديدة. بين هذه الفلل يقبع بيت جمعة المغني بين عدد قليل من البيوت القديمة التي نسيتها يد التحديث، ويطل بيت جمعة عبر ممر قصير متعرج على البحر. هكذا تبدو منطقة جميرا، في هذا الصباح الهادىء بشاطئها الساحر كلوحة رسمت بألوان مائية. وحده بيت جمعة المغني وما جاوره من بيوت هو كل ما تبقى من جميرا القديمة، التي بنيت في السبعينات.

حين فتحت أم جاسم باب البيت أطلت الغرف المتراصة في شكل طولي يمثل رقم ستة، كمكعبات رصها طفل صغير، لتنتهي هذه الغرف بشجرتي نخيل، تقف بجوارهما عنزتان هزيلتان تصر شيلا على بقائهما، إيمانًا منها ببركتهما وخيرهما. وكلما تقدمت أم جاسم في مشيها إلى ساحة المنزل طار الحمام بعد أن يقوم بالتقاط فتات الخبز المنثور.

- لا أدري لأي شيء يربون الحمام، وما وراءه إلا الوسخ! نظرت خلفها بحثًا عن الخادمة (زينت) وما إن اطمأنت حتى دفعها الفضول لفتح باب مجلس الرجال. بدا جمعة المغني نائمًا على الوسادة الضخمة، وبطنه المكورة تعلو جسده الممتلئ كأنها قربة منتفخة، وبجواره عوده وأكواب شاي موزعة على امتداد المجلس. تأملت بطنه وهي تصعد ويهبط على إيقاع الشخير. مطت شفتيها:

- يا سلام على سهرات الخميس!

نظرت للمكتبة المليئة بالمخطوطات والكتب القديمة، التي تتراكم في بعض أدراجها أشرطة كثيرة. كم تمنت على جمعة أن يعطيها كتبه لتعلف بها غنمها طالما أنه لا يستطيع قراءتها، فيرد عليها كل مرة ضاحكًا:

- أنت تريدين تثقيف الغنم، يا أن جاسم! هذه كتب مهمة، فيها تاريخ البلد والقصص الشعبية والأغاني القديمة، وربما أحد لديه القدرة يطبعها في يوم من الأيام، حتى لو بعد وفاتي.

وما إن أغلقت الباب مستديرة، حتى تفاجأت بعيني زينت خلفها تبتسم بمكر المدرك لفضولها قائلة:

- ماما شيلا داخل صالة.

شيلا تلك الصغيرة التي نسيت لعبتها في كيرالا فرحة بالسفر، وبلقاء أمها التي رتبت من أجل تزويجها بجمعة، وهي صفقة ما كانت لتحلم بها والدتها لولا أن أم جاسم مازحت خادمتها قائلة: لولا أنك متزوجة لزوجتك جمعة، وبعدها تم ترتيب كل شيء بسرعة. وكانت أم جاسم قد زارت البيوت منذ سنوات طويلة بحثا لجمعة عن عروس، لكن كل البيوت أجابتها بالرفض، بجملة واحدة: ما له نصيب عندنا. وإن اختلفت طريقة الرفض من بيت لآخر، لكن إحدى الفتيات جابهتها بقسوة مستغلة ذهاب والدتها لإحضار الفواكه.

- أم جاسم: هذا غني وشاب.

- نحن لا نتزوج منهم، وإذا كان غنيا فالله الغني عنه.

- أم جاسم: كلنا عبيد الله، وأنت كبرت يا بنتي، والستر أحسن لك.

خفضت رأسها قليلا، ثم رفعته وهي تزفر زفرة قصيرة غاضبة.

- لو كملت مئة سنة لن أتزوجه، ويحسن نسله بعيدا عنا!

- أم جاسم: هذا مطرب مشهور.

- هو لا يناسبنا أبدا، وهناك فرق كبير بيننا، وشهرته لا تغير شيئا.

وصادف دخول الأم، وهي تنطق عباراتها الأخيرة. وضعت الفواكه بهدوء، للحظات لم تتكلم، محاولة أن تمتص بنظرات جامدة غضبها من ابنتها التي انصرفت بسرعة.

حاولت الأم أن تنتزع ابتسامة تلطف بها الموقف، غير أنها أخفقت. تنفست بعمق قائلة:

- لا تهتني بكلامها، ما زالت قليلة خبرة في الحياة، والله لا ندرك يا أم جاسم لو طلبت شيئاً آخر، لكن ربما كان نصيب جمعة في مكان آخر. وزوجي متدين لا يرضى أن

يزوج ابنته لمطرب.

احتضن جمعة عوده كما يحتضن طفلًا صغيرا، وتأكد من ضبط أوتاره. ثم التفت حوله ليطمئن على من بجواره، في حين أخذ أبو حمود يحشو المداويخ بالتبغ بإتقان المستمتع، ويقدمها للجالسين ثم يتأمل وجه جمعة، هذا الوجه الذي قُدّ من شجرة إفريقية، فبدت سمرته لامعة، وأنفه كقمة جبل ضربت لتتسع فتحها منخريه، وعليهما ترتاح نظارته السوداء. وما هي إلا لحظات حتى قال أحد الحضور قاطعا همسات الآخرين، وبصوت يغالب الضحك:

- يقولون يا جمعة إنك تشكر الله على العمى!

ردّ عليه جمعة بسرعة:

- لأنه أراحني من رؤية أمثالك!

انفجر المجلس ضحكا، وترددت ضحكاتهم حتى طغت على دندنات جمعة، ولم يقطعها إلا دخول الخادمة زينت، وهي تحمل صينية الشاي.

سأله أحدهم: أتبيع بيتك؟ الأسعار غالية في جميرا؛ بعه وخذ لك بيتا صغيرا في مكان ثان.

انتفض جمعة: ولأي سبب أبيعه؟ ومن يبيع جميرا وجيرانه وتاريخه!

تغير وجه السائل، وصار يتلون، وازداد إحراجه لتعكيره مزاج صاحبه فقال بصوت منخفض:

- أولادك كبروا، وأنت ترى البيت صار قديمًا. والبلدية بعثت رسائل تتكلم فيها عن هدم البيوت التي تشه منظر المدينة.

أطرق جمعة طويلًا، ثم بكى. راحت دموعه تنهمر، وبصوت ضعيف ومتقطع:

- عيون الناس ضاقت على بيتي. كأنه الوحيد في جميرا. كأنه يشوه الدنيا كلها. وامتدت يد صاحبه تربت على كتفه ليهدأ، غير أنه أكمل:

- حتى زوجتي تريدني أن أبيع البيت، وأنا لا أملك إلا هذا البيت، وعودي وفني. الكل نسيني بعد ما كنت مشهورا. ضاع المال، وبقى الفن في أشرطة في الإذاعات، ولا أحد الآن يعرفني. بدأت فقيرا وسأموت فقيرا، وأولادي لهم الله.

نظر أبو حمود للجميع، ليبحث في أعينهم عن طريقة لعودة الأنس لسهرة الخميس،

لكنه اصطدم بوجوم وجوههم.

فقال:

- والله يا أسمراني، يا لون الشوكولاته ما يناسبك الحزن! أنت أصل الطرب والفن.

وحاول أبو حمود أن يأخذ العود من بين يدي جمعة، لكنه رفض أن يترك له العود قائلا:

كان صديقي - الله يرحمه - الكويتي، يغني ويقول:

فما الناس بالناس الذين عهدتهم

ولا الدار بالدار التي كنت أعهد

وتصاعدت الآهات في جلسة الطرب، في حين تراصت أجساد الصغار في الغرفة الأخرى وكانت أمهم تتابع أحداث الفيلم الهندي مع الخادمة، لكنها لم تبك هذه المرة كعادتها، لأن ذهنها مشغول في ترتيب طريقة لبيع البيت.

((انتقل إلى رحمة الله المطرب جمعة محمد الشهير بجمعة المغني، حيث وافته المنية مساء أمس...)). هكذا تناقلت الصحف المحلية ما أوردته وكالة الأنباء، فنُفي خبر وفاة جمعة المغني إلى زاوية صغيرة في أقصى صفحة الفن.

بينما وقفت أم جاسم أمام البيت تتابع بفضول ما يحدث، وعيناها ترصدان كل ما يدور حولها، فتسأل كل من يدخل، وتنقل الأخبار لكل من تراه، تلوك العبارات بسرعة عجيبة، ولا تمل من تكرارها. هي تقول إن ابن عم جمعة، الذي ظهر لأول مرة في جميرا يسأل عن الميراث وعن زوجة جمعة إن كانت على ذمته أم طلقها، فأخبرته أن زوجة المرحوم باعت البيت بعد العزاء وسافرت إلى الهند، لأن البيت سجل قبل أسبوعين باسمها.

وسألته إن كان يريد عنوان شيلا حتى يسأل عن الأولاد، لكنه أشار بيده إشارة تدل على عدم الاكتراث، وهو يمضي مسرعًا نحو سيارته.

وأما أم جاسم فباعت كل الأبواب والشبابيك والمكيفات وكل شيء يستحق البيع من البيت جمعة، وأما عوده وأشياؤه فباعتها لرجل مهتم بالتراث، لا تتذكر منه إلا اسمه أبو سلمان، وقد كان كريما معها فاشترى الأغراض بألفي درهم!

الشرخ

عصر يوم عادي، صالة هادئة، رتبت فيها بأناقة قطع الأثاث والنباتات، وتوسطت تلك القطع طاولة، عليها صينية الشاي والقهوة وصحن من التمر. الجد جالس على الكرسي بين يديه المذياع يبحث عن الإذاعة التراثية، وبجواره حفيدته مها، شابة عشرينية هادئة تتأمل في المرآة التي أمامها صورتها المنعكسة.

الجد المسن ذو الظهر المنحني، واللحية البرتقالية المحناة والفائقة التشذيب، يتنقل دائما بين غرفته والصالة محملًا بكيس أدويته ومذياعه الصغير، وفي اليد الأخرى عصا يتوكأ عليها. وقد تعافى من الجلطة الدماغية منذ شهور، ولولا قوة إدارته لبقي مقعدًا حبيس كرسيه. هو محب للأطفال، كان يروي لهم كثيرًا من الحكايات، حين يزورون حفيدته مها.

مها متوثبة إلى الحياة، تفور نشاطا وحيوية، يحبها الجميع، لدماثتها وحسن تعاملها، هي محبة لجدها، وكانت دائما معه حتى حين أصيب بالجلطة الدماغية. نظر الجد إليها مستغربا، بدت اليوم على غير عادتها هادئة كنخلة زرعت في أرض غريبة، كأنها ليست هي، كان يختلس النظر إليها وهو يستمع إلى الأغاني التراثية، غير أنها كانت تتأمل المرآة.

تنظر إلى جدها في المرآة، تتأمل ملامحه الحانية التي تحفظها جيدا، يمكنها أن تلاحظ أي خط جديد قد رسم من التجاعيد على جبينه أو خديه أكثر من أي شخص، تحدق في المرآة للحظات، لتسمع صوت طنين خافت، يأخذها للبعيد، فتنسى نفسها وتتحرر من ثقل الجسد.

ترى في المرآة شيخا مسنا وفتاة، وبينهما شرخ طولي رفيع، تحدق فيه من جديد، هل هو غبار تهيأ لها أم هو شرخ دقيق لا يتضح جيدًا إلا عند التحديق فيه؟ لكنه تمدد

ليصبح أعرض مما كان، تحس برجفة بسيطة، وتمنى أن تقذف المرآة بحجر، كي تتكسر فلا تعود ترى شيئًا، ولا تشرد أبعد من حدود هذه الصالة، لكن لماذا لاح هذا الشرخ الآن؟ هل هيجه وقت العصر؟ أم ولد من الموسيقى التي يسمعانها الآن؟ لم تقدر على الحركة من مكانها كأنها شجرة امتدت جذورها الطويلة في الكرسي، ولا أن تتجاهل هذا الشرخ، الذي بدأ يتسع شيئا فشيئا، لتضيع صورتها وصورة جدها فيه.

شيء خطأ، هكذا كانت الطفلة تقول، وتمنعها نفسها من التفكير في أبعد من ذلك، حين تجرأت ذات فجر بعد استيقاظها من حلم مزعج، حكت لوالدتها في كلمات سريعة ومتقطعة طالبة منها تفسير الشرخ، ربتت كتفها ناصحة بأن تعود إلى النوم، وأن تتغطى جيدا، وظنتها تتحدث عن حلم مزعج رأته.

في المرآة رأت طفلة أكبر قليلا. كانت حزينة. في ليال كثيرة رأت الذئب يلاحق النعاج الصغيرة، فهل هناك نعجة أخرى التهمها الذئب؟ وفي منام آخر رأت الذئب يطاردها في الحي كلّه، وحدها كانت ترى الجد ذئبا ولذا فلم يساعدها أحد، وحتى صوتها كان يغور في داخلها فتعجز عن الصراخ. وكلما دارت من ناحية وجدته متربصا بها، فإذا دارت له دار من خلفها، فلا تجد مكانا تختبىء فيه، وأصابها الدوار وأيقنت بالهلاك. لكنها لمحت بركة، فرمت نفسها، وهي لا تحسن السباحة، وكادت تغرق، فاستيقظت وهي تتصبب عرقا.

ترى صور الذئب في كل أحلامها، وها هو الآن يخرج من الشرخ منتصبا جائعا فتكرهه، تتذكر شراسة الذئاب وافتراسها للنعاج. ذئب جائع أبد الدهر، إن لم يجد نعجة أدخل نسيم الورود في جوفه بانتظار نعجة غافلة عن القطيع. وتردها صورة جدها المسن إلى هذه اللحظة فتشفق عليه وتذكر حبها له. تتوالى الصور وتتصارع، تتحرك بسرعة بكل تفاصيلها، وتختلط الأصوات.

سأل الجد حفيدته الشابة عما بها اليوم. بحزن مضغت: ((لا شيء)).

أمسكت برأسها كي لا ينفجر، وأمسك الجد بذراعها، فرأت في المرآة الذئب وقد تحول إلى صورة جدها الطيب.

الصوت الخشن

1

بماذا تحلم فتاة في العشرين؟ وهل تتعدى أحلامها الرسائل المعطرة والورد الجوري، وكلمات غزل تخترق حصار الرقباء. بماذا تحلم فتاة في العشرين؟ بغزل أندلسي أو جنون بدوي بها، ألا تحلم أنها أميرة يسافر حبيبها المجهول بحثا عنها. هكذا أحلم كل ليلة وأعطر غرفتي، فأراني بدوية تحلم بمجنونها الذي يزرع الصحراء شعرا وغراما، وتارة أراني أميرة إغريقية حاصرها الخاطفون في عرض البحر. أحلام تطوف بي فأنبجس وردة برية ورقصة في أغاني إفريقيا الساحرة.

أنا تلك الحالة بالحب والحياة بعيدا من بخورك المتصاعد يا جدتي.. لكني لست تلك الجالسة، بثوبها الأصفر، وغدائرها التي تفوح منها رائحة (المحلب)، وترمي بالبخور في المجمرة. وتدور المسبحة بين أصابعها، ويخشن صوتها شيئا فشيئا، ليرتفع البخور دوامات تسبح بوحشية في الغرفة.

2

أكتم أنفاسي، وأغالب عطسة ستفضحني، كشؤم عطسة الظباء. بخور كثيف يتصاعد في غرفة جدتي، التي تتوسط النسوة بثوبها الأخضر، وسروالها الأصفر. أسمع ضحكتها وهي تعلق على حديث إحدى الحاضرات عن سروالها الأصفر الذي ظهر وهى

تثني قدميها، لتعتدل في جلستها:

- طلبوا مني أن ألبسه، هذه أوامرهم.

صرت عينين تطلان من تحت اللحاف الملفوف تحت السرير النحاسي الضخم، ورغم البخور تراءى لي ضرس جدتي الغريب، أراه كبيرا جدا، كأن خضرته التي تشقه إلى طرفين أسودين واد بين جبلين، بل هو (الوبار) بخضرتها الأسطورية. هذا الضرس بركة، هكذا تقول جدتي، وإن سقط فستموت، ما سرّ ضرسها؟ تساؤلات تعصف برأسي، تلك الكرة المعدنية، فأحس بالدوخة والغثيان، بسبب البخور والحرّ وضيق مكاني، وأنا أزاحم الأغراض تحت السرير، وللحظات أتحول إلى عينين.

يدق قلبي بهمجية طبول إفريقية. تعلو أصوات طبولهم وأغانيهم كلما خشن صوت جدتي، تغير صوتها، اغتصبه رجل فظ، يسلم على النسوة ويعرف بنفسه. تضطرب معدتي وأكاد ألفظ أحشائي من خشونة صوته، لكني أتحول إلى قلب يطبّل، فتغور أصوات البشر إلى البحار السرية، ولا يبقى إلا صوت الرجل الخشن وتأوهات المرأة المريضة، التي يصير جسدها جريد النخل، تقرأ عليها جدتي، وتطلب من الجني بأن يغادر جسد المرأة بسلام.

أغمض عيني، فتسودّ الدنيا. ثم تحمر، تتغير ألوانها مرات ومرات كوجوه ثمود ثم تسوّد ثانية، فأرى الطريق طويلا موحشا، تتراقص أمامي هياكل عظمية، وتنزلق قدماي بالطحالب البحرية، لتنفتح كل القماقم، صرخت مع المرأة، وفتحت عيني، فلم أجد إلا كرات سوداء تدور في محاجر آدمية، تدور في أرجاء الغرفة، تحتضنها وجوه النسوة، التي تبسمل. هدأت للحظات بعدما خرجت النسوة وبقيت جدتي، ولست أدري إن كان الرجل الفظ قد غادر حنجرتها أم لا.

3

ومن مكاني راقبت جدتي، ولشدة اضطرابي وخوفي علق بعض شعر رأسي بالزنبرك الحديدي حين حاولت الخروج، لأصرخ دون وعي مني، كأن ألف يد ربطت شعري بالزنبرك، بل ربطته إلى شجرة سرية. ورغم محاولات أمي وجدتي، إلا أن قص هذه الشعرات

كان الحلّ الوحيد، ثم أخذت جدتي في ضربي دون رحمة.

صرت كتلة أمام جدتي. كتلة لحم بلا عظم يمكن طيها، وفي عيني جدتي برق ورعود.. وشرر تطاير في الغرفة. ثم صرخت في أمي لتحملني بعيدا عنها. قالت أمي فيما بعد إنها ظلت تحملني كقطعة ثياب بالية ثلاثة أيام، وأقسمت أنها سمعت صوت عظامي تسبح في جسدي، وأصوات ارتطامها.

بقيت ثلاثة أيام كتلة لحم منبوذة.

وبقيت جدتي ثلاثة أيام تشتكي من ألم يدها.

4

كنت أحب جدتي، وأراقب كل حركاتها وسكناتها، وتتحول عيناي إلى عدسات مكبرة ترصد تضاريس وجهها وجسمها، ودون أن أدري حفظت كل كلماتها وتعبيراتها، حتى نهرتني أمي عندما قلدتها قائلة ((جدتكم هذه بركة، ولا تأتي منها إلا الخبر.)) لكني كنت دائما أسخر ممن تدعي وراثة هذه البركة بعد وفاة جدتي. ففي عائلتنا ثلاث فتيات يحلمن بوراثة هذه البركة، ولست منهن، كنت أتخيلهن بشعر يفوح بالمحلب، وبصوت خشن يطلبن تيسا أعور أو ديكا يتيما. كنت أسخر لأغيب في أحلام فتاة في العشرين.

5

كانت تجلس في وسط المجلس، في مكان جدتها المتوفاة، بثوبها الأصفر الفاقع، وتفوح رائحة (المحلب) من شعرها، وتتدلى من صدرها قلادة ذهبية لا تفارقها. ثم أخذت تتكلم بصوتها الخشن المرأة المنتفضة، ما بين جمل مفهومة وهمهمات غامضة. وبعدها قالت بصوت خشن:

- إنهم يطلبون منك عقد ذهب، في وسطه دائرة من نقش البحرين، وباقي العقد خرزة حمراء وخضراء وخرزة ذهب. وتساءلت المرأة بصوت مرتجف:

- من أين نأتي بها؟

-يا سبحان الله! من السوق، أو تعمل لك.

وأعطتهن أعشابا وماء قد قرأت عليه بعض الآيات. وخرجت النسوة وهن يشكرنها، ويدعون لها. طافت بها الأحلام من بين البخور والمحلب، فسمعت أصوات الحداة، واختلطت عليها بقرع الطبول، ثم عاد صوتها ناعما، فأخذت تترحم على جدتها المتوفاة.

القمر المخطوف

1

الوقت متأخر، وساحة البيت تمتلئ بالأم والأخوات والجارات، ولا أحد من الرجال معهم، تُرى أين أبوها وعمها؟

طفلة صغيرة تجلس في طرف الساحة، وقد احتضنت ركبتيها بيديها ولاح عليها الخوف والقلق من المجهول، وأختها الكبرى تدق في الهاون، وتردد كلاماً، والنسوة يتطلعن إلى القمر. فلا أحد يحس بها.

وفي سماء أبوظبي الهادئة يبدو جزء من القمر مختفيا في ليلة ربيعية دافئة. وساحة البيت كما هي متسعة، وفي طرفها تبدو أشجار النخيل، وفي الجهة المقابلة يلوح المطبخ ببابه الثقيل مفتوحا. كل شيء يبدو عاديا في عيني الطفلة عدا القمر الذي اختفى جزء منه، ونداءات النسوة التي تختلط بأصوات الهواوين المتصاعدة إلى السماء.

2

حين تخرج الخادمة الهندية راني من غرفتها تجري ميرة إليها متسائلة عما يحدث. لكنها تبتسم ولا تعلق على كلامها. وتسألها ميرة من جديد:

- هل سيكون غدا يوم القيامة؟
- هل في بلادكم تخافون إن خطف القمر؟

غير أنها لا ترد.

عينا راني تلمعان، وبقايا ابتسامة ما زالت عالقة بشفتيها. ظلت ميرة تنظر بعينين متلهفتين لمعرفة ما سيحدث، لكن لا أحد يبدو مهتما بهذه الصغيرة.

3

تقترب من أمها، لتشدها من ثوبها محاولة لفت انتباهها، وتعيد السؤال مرارا، كأنها تمضغ شيئا بلا طعم، تنهرها أمها بعنف، مبعدة يد الصغيرة عن ثوبها، فتقول بتبرم:

- اسكتي يا ميرة، هذا القمر خطفته الغيمة، لأنه مديون.

وأكملت أسئلتها:

لماذا لم يدفع القمر ديونه قبل حبسه؟

لكن أمها تندفع بين النسوة، لتعطي الهاون لإحدى العجائز.

تتلفت ميرة حولها ثم تجلس في طرف الساحة، تبدو مرتجفة من هول ما ترى كسعفة نخلة وحيدة، والنسمات الدافئة تلفها بصمت، فتلعب بأطراف ثوبها. تتأمل مشهد النسوة، وعيونهن التي لا ترى سوى القمر، في حين يتصاعد صوت الهواوين، في شكل دوامات ترتفع إلى السماء، وأصوات النسوة تناشد الغيمة إطلاق سراح القمر.

لكن سماء أبوظبي ما زالت هادئة، وخلف تلك البيوت ينطلق صوت المؤذن داعيا لصلاة الخسوف.

4

في الصف تشرح المعلمة أوضاع القمر والأرض والشمس، في رسم سريع يمثل حدوث خسوف القمر.

ومن النافذة تتأمل ميرة تلك الفتاة الجالسة في طرف الساحة، وقد احتضنت ركبتيها بيديها، في حين انشغلت عنها أمها وأخواتها بالدق في الهواوين محاولة أن تفهم ماذا يحدث،

فهؤلاء النساء القويات اللاتي يسيطرن على كل شيء في البيت نهارا، صرن ضعيفات خائفات. وأختها الكبرى تتحرك دون وعي، في حين يطير غطاء رأسها ويرفرف في الهواء بعصبية، وهي تحاول أن تمسك به، وتوزع على النسوة مزيدا من الهواوين، ويبدو برقعها مرتفعا قليلا عن شفتيها، وكأنه يرفع رأسه للغيمة في توسل ورجاء.

والخادمة راني ترمقهن جميعا في صمت.

وميرة تنظر ناحية راني متسائلة فيم تفكر هذه؟ ولماذا لا تخاف وتدق مثلهن في الهاون؟ أم أن تلك البلاد البعيدة دائمة الخضرة والمطر تتفاءل إن خطف القمر؟

نظرات قلقة تحمل ألف سؤال في تجمع نسوي لا يسمع صوتها.

ومن بعيد تجذبها صوت المعلمة المتسائل:

- بم تفكرين يا ميرة؟

تلعثمت الكلمات على شفتيها، واختلطت صور الأمس برسم المعلمة فقالت:

-بالقمر المخطوف.

لحظات مرت عليها، وهي تهم بالجلوس على مقعدها، سمعت طالبة تقول مصححة عبارتها: خسوف القمر.

ضحكة الديك

1

كلما سمعت ضحكته حاولت جامدة أن أبعد الفكرة من رأسي، لكن صوت قهقهته يخترق رأسي، فأرفع وجهي عن الورقة لأنظر إليه محاولة إخفاء دهشتي تحت غلالة ابتسامة صغيرة. أتأمل وجه رئيس القسم الأسمر، يبدو بشكل كمثرى. وعيناه صغيرتان مثل نقطتين في صفحة وجهه، فيما ينساب أنفه الطويل مرتاحا، ليلتقي بشفة غليظة تنام بهدوء فوق الشفة الأخرى، في وجه يبدو صافيا. وقد تربع العقال فوق رأسه بإحكام، وهو يقهقه راجا رأسه وكرسيه، كأنهما صدى هذه القهقهة العجيبة ودون خوف من سقوط عقاله. ضحكته شبيهة بـ... هل أستطيع أن أقول ضحكة الديك. نعم أقول لنفسي ذلك عشرات المرات، وأداري ضحكتي أحيانا، لكني لا أجرؤ على قول ذلك أمام الآخرين.

2

حين كنت صغيرة قلت:

- هذه المرأة تشبه السلحفاة.

استهجنت عمتي ذلك قائلة:

- لا يجوز أن تقولي هذا... حرام.

وحين شبهت أحد الممثلين بشخصية كارتونية على هيئة ضفدع قالت لي:

- استغفري ربك.

مرّت سنوات طويلة على هذين الموقفين اللذين أججا خصلة تشبيه الناس بالحيوانات عندي. فأصبحت هذه التشبيهات تدور في داخلي.

3

تلك المرأة الشبيهة بالسلحفاة تشبه هذا الرجل الديك. فتلك الأولى لم ترها عمتي دون برقع، وقد رفعت عنها غطاء رأسها. كان وجهها أشبه بسلحفاة عجوز، وقد تلاشت المسافة بين وجهها وصدرها. وحتى ترس السلحفاة الذي تحمله على ظهرها، ليحميها، كان في داخل هذه السيدة في صورة وسواس لا ينقطع حول أي أذى محتمل قد يصيب أبناءها.

لكن الرجل الديك كما صرت أسميه بيني وبين نفسي يضحك مثل الديك تماما. فهل تشبيهه بالديك يحمل أمرا آخر أبعد من ضحكته؟ لست أدري قد يكون مختالا فخوراً مثل الديك المتناهي بألوانه المتعددة، هل لأنه يرأس قسما كله من البنات؟ كالديك الذي يجمع من حوله الدجاج؟ رغم أنه ليس أكثر كفاءة مني ولا من بعض الموظفات ولا أقدم منهن، لكنه الديك الوحيد بيننا، وهي ميزة جعلته رئيسا للقسم، ولم يترق إلا لهذا.

ترى لماذا أشبه رئيس القسم بالديك؟ أم أن شكله يوحي بديك له عرف ملون ولحية؟ أم أن ترقيته ليكون رئيسا علينا لن تتكرر كبيضة الديك، لا تحدث إلا مرة واحدة في حياة الديك؟

4

أتأمل وجهه الكمثريّ، وأنتظر ضحكة الديك بشغف، لأنها قد تخفف شيئا ولو قليلا من ثقل هذا الاجتماع. وبين فينة وأخرى أتأمل محاور اجتماع القسم، وأستمع للآراء التي تطرح، محاولة إبعاد هذه الفكرة التي تسيطر على ذهني، لكن الملل يعبث بيدي فأخربش

وأرسم على الورقة البيضاء حبة الكمثرى والديك، وأكتب كلمة الديك بالخطوط التي أتقنها.

5

أطرقت أفكر بذنوبي الصغيرة في تشبيه الآخرين بالحيوانات، وصوت رئيس القسم يتسرب إلى مسامعي، لم أكن أفقه كثيرا مما يقوله، كأني كنت أنظر في داخلي لأحرث أغوار نفسي، وأتساءل لماذا أشبه الناس بالحيوانات؟ وهل هذا ميراث قديم من أجداد سكنوا الصحراء، فشبهوا الآخرين بما رأوا من بيئتهم؟ وهل من الطبيعي أن تتبادر هذه الأمور إلى ذهني لكن ومن باب الذوق ألا أتفوه بها أمام الآخرين؟ أم أن الأمر أبسط من ذلك فأنا شديدة الحساسية تجاه الذنوب الصغيرة نتيجة تربية عمتي الصارمة التي جعلت النار أمامي عيني مقابل أي خطأ أرتكبه، ونسيت أن الله غفور رحيم.

نبضات قلبي تتسارع وريقي يجف. وأنا أتأمل ذاتي تحت أنظار الآخرين، وإن لم يسمعوا شيئا، فلا بد من أنهم رأوا آثار ذلك على وجهي.

6

قبل نهاية الاجتماع صاح رئيس القسم قائلا:

- ها.. لم نسمع رأيك اليوم.

أفقت من خربشاتي، كمن قذف به في البحر فجأة. وشعرت أن الوقت يمر بطيئا بي، وكأن دهرا عبر فيّ بصمت، والأعين لا تزال معلقة بي. فاستنجدت بلساني الذي غدا خشبة جافة ملقاة في صحراء حلقي من شدّة المفاجأة! تلجلجت في بداية كلامي، كان الصوت يبدو خارجا من صندوق مغلق لا من حنجرتي:

- أعتقد أننا يجب أن نطور القسم وفق رؤية واضحة وخطة متكاملة.

الآن أتذكر هذه الجملة فحسب، فقد كنت أبعد عن ذهني صورة الديك، وأحاول أن أركز أفكاري، في حين تتطاير من ذاكرتي لشفتي كلمات كثيرة مثل الواقعية وجائزة الجودة

والنتائج والأسباب، والحلول الترقيعية وغير ذلك.

بعدما انتهيت من كلامي هز رأسه الكمثري قائلا:

- كلامك صحيح، لذا أكلفك بكتابة هذه الرؤية والخطة مع من تختارين، وحاولي أن تستفيدي مما قيل في الاجتماع.

وبعد لحظات انتهى كل شيء، تنفست الصعداء، وأنا أشعر بالارتياح لمرور الاجتماع على خير، بعدها مرت بي بعض الموظفات فأخفيت الورقة، نظرت إليّ إحدى الموظفات القديمات نظرة ملؤها الضيق والرغبة في استفزازي، ثم رفعت كتفها مبدية لامبالاتها بي، ومطت شفتيها في استهزاء، كانت بطة عرجاء تحاول أن تلحق بهن.

في ظهيرة أغسطس

1

رن الهاتف في منتصف النهار، فجاء صوتها المنبعث من أحراش الماضي:

- لقد علمت بخبر وصولك من السفر.

- .....

- كيف تحملت غياب كل هذه السنين بعيدا عن وطنك؟

كان في صوتها حماس وقوة ولا زال قادرا على جذب الأسماع إليه، في حين كان صوتي متثائبا باردا، والقطة تدور في الصالة تراوغني لتتمسح بقدمي، لكني كنت أجيبها، بصوت أنكره، كأني استعرت صوتا لصوتي. كلامها استئناف لصداقة قديمة، في حين أن كلامي جزر لمستقبل لم تتضح معالمه. عندما وضعت السماعة رددت ((فنجان قهوة))، لعلّه ورطة انسقت إليها من شدّة الحرج.

2

قضيت بقية اليوم بسبب هذه المكالمة بين تأنيب الضمير لطريقة تفكيري وبين خوف من العودة لهذه العلاقة الشائكة، فرغم صداقتنا إلا أن مشكلات العمل زادت من فرقتنا وتدخل الأهل، فتورطنا في ديون كثيرة، لنعلن إفلاس الشركة قبل سفري بشهرين، ولأخسر ميراثي كله، في حين ساندها أهلها وزوجها للبدء من جديد. يا إلهي من هذا الأحمق الذي أعطاها رقم هاتفي الجديد، لكن الجميع معذورون فصداقتنا كانت مبهرة من

الخارج، بيد أنها باتت طللا بالنسبة إلي. وكيف لي أن أقبل بترميم هذه العلاقة؟ وكان هذا الأمر يؤرقني في سفري، فحاولت تحجيمه كثيرا، ونفيه إلى أعماق سحيقة، ثم نسيته، لكنها اتصلت، لتضع الأمر كله حول فنجان قهوة.

الترميم.. تردد صدى هذه الكلمة في داخلي. هل أشعر بتأنيب الضمير؟ لكن الأمر أبسط من ذلك، لأن الصداقات لا تستمر دائما ولا تصمد، فلماذا أشغل نفسي؟ وإذا كان هذا هو صوت عقلي فإن قلبي يرفض بشدة، كي لا يعود الماضي في شرنقة اليوم. فنحن سنعود كما كنا، حتى لو تغيرنا. نظرت إلى الحائط، تمنيت أن أصدم رأسي به، حتى أوقف المدّ الجارف لهذه الأفكار، لكني عدت لقراءة الرواية، جاهدة أن أتواصل مع أجوائها التي قطعها الاتصال.

3

طاولة مرتبة بشكل مبالغ فيه، ووردة أقرب إلى الذبول تنام على عنق زجاجة صغيرة متطرفة في مكانها على الطاولة. النادلة تبدو من طرف قصي تجادل نادلا آخر، بيد أنها في آخر الأمر ستستجيب مضطرة لأوامره. وفي هذه الظهيرة يتثاءب كل شيء في المكان كسلا أو إرهاقا، في حين أن الحياة كانت تدب خارج زجاج هذا المقهى.

4

جاءت متألقة كعادتها، ذكية في هجومها ومناورتها، السنين زادتها إيمانا بنفسها وبقدرتها على الإقناع وكسب مزيد من الأصدقاء، بقدر نجاحها في خسارتهم، وهو ما لم يقله أحد لها أبدا.

بدأت أتكلم، وأنا أتأمل القطة الملاصقة لزجاج المقهى من الخارج، تتثاءب ببطء شديد لتكشف عن كامل أسنانها، يا لكسلها ومللها.

في حين كانت الكلمات تخرج مني مطاطية لزجة، تتقافز في كرات صغيرة حولي،

تحدثت عن الغربة وافتقادي لصديقاتي، وأني أفتقدتها فهي الصديقة. ثم تكاثرت الكرات المطاطية، دون وعي كنت أحرك جسدي قليلا والكرات تمر بي، تكاد تلامسني، أحس بها لزجة رجراجة حارة، أضع يدي على فمي، كي أقاوم الغثيان. والكرات تتقافز من حولي، وكلّ شيء حولي يصرخ النادلة والزبائن والطاولات: أيتها الكاذبة!

والقطة في الخارج تحت مظلة المقهى تختبر الأرض إن كانت حارة، لترخي جسدها كاملا، فتلقي نظرة حولها قبل أن تغفو، رأتني فلم تهمس لي بأي شيء.

كان رأسي ثقيلا جدا، وأبدو كمن استيقظ فزعا يتلفت ليدرك أين هو؟ وفي أي وقت من النهار.

- هل أنت بخير؟

أجبت وأنا أرفع رأسي الثقيل: نعم. نعم.. مجرد صداع خفيف.

تحدثت عن أشياء كثيرة لا تتعلق بمشاعري، ولا بصداقة أخشى ترميمها ثم خفّت حركة الكرات من حولي، تنفست الصعداء وبدأت أتكلم في الهواء كلمات أشبها في أعواد قصب مجوفة.

والقطة تستغرق في نومها بعد أن أمنت من طرد عمال المقهى لها، لأنهم انشغلوا بالحديث في الخلف.

صرت أتكلم مبتعدة عن الكذب، كلمات عامة مغسولة من المشاعر، أدرأ بها الحديث بعيداً عن ذكريات الماضي أو وعود المستقبل، كلمات باردة عديمة اللون والرائحة. ثم جعلتها تتحدث هي الأخرى عن أي شيء إلا عنا. وأسألها عن أشياء متفرقة لا تعني لنا شيئا، وعن أناس عابرين.

5

وبعدما استأذنت للذهاب إلى الحمام.

عندما عدت لم أجدها، وجدت ورقة صغيرة، من أوراق مقهى ((كان زمان)) وبجوارها ثمن فنجان القهوة ومما كتبته لي:

- يبدو أن الغربة غيّرتك، فمات الحماس فيك، وأصبحت تتحدثين عن الحياة كأنك تأتين من خارجها، طارئة غريبة، لا أعرف فيك من صديقة الأمس إلا شكلها... فوداعا.

استيقظت القطة بتكاسل ودلال، وهي ترى القط القادم من بعيد، فرفعت ظهرها على شكل قوس وتنشطت، ومسحت أطراف فمها بلسانها، وسارت مع القط مبتعدة عن المقهى حتى غابت عن نظري.

تضايقت قليلا مما فعلت، لكننيّ ارتحت في أعماقي، فلعل هذه هي الطريقة المثالية لي للتخلص من الحرج الذي أوقعتني فيه بدعوتها لشرب فنجان قهوة. لكني ابتسمت لما فعلته وطلبت من النادلة عصيرا طازجا، وأكملت قراءة الرواية التي اعتدت على حملها في حقيبتي.

الأريكة

تذكرت ذلك اليوم حين دخلت المحل فرحة، واجتازت عتبة الباب، فظهرت قطع الأثاث هنا وهناك مما أشعرها بالبهجة، وبدت خفيفة رغم سمنتها، والكيلوغرامات الزائدة المحيطة بخصرها وبطنها كطوق نجاة. كانت خفيفة جذلى كأنها فقاعة ملونة، لأن شراء أريكة شغل بالها فترة ليست بالقصيرة، حتى إنها كانت تتخيلها أحيانا وتفكر في أفضل مكان لها في الغرفة. هذا الأمر نفض كيانها فرحا وخفة رغم أنه قد يبدو عاديا للآخرين. بينما كان زوجان يعبران من أمامها شعرت فجأة بثقل جسدها، وتقلصت فرحتها قليلاً، لتصبح كرة ثقيلة تتحرك ببطء للزاوية، ثم تدور خلف العمود لتقف أمام أريكة. إنها تتسع لشخصين فحسب، أريكة بلون البيج الداكن، وفيها شيء من روح اللون الذهبي.

كانت تتسوق بحثا عن أريكة صغيرة تتناسب وراتبها الضئيل، وقد شاهدت عددا كبيرا من الأنواع والأحجام. لكن هذه الأريكة أعجبتها، وعندما توقفت أمامها للمرة الأولى أعجبت بلونها، ثم لأنها مكسوة بالقماش تماما، ولا أحد يستطيع أن يعرف أدق تفاصيلها الداخلية من خشب وقطع ألمنيوم. أخذت تدور حول الأريكة عدة مرات، تجلس عليها تارة، وتعاينها من زوايا مختلفة تارة أخرى. لقد قررت أن تشتريها، رغم غلاء ثمنها مقارنة بغيرها، فماذا سيتبقى من راتبها بعد دفع قسط السيارة ونصيبها من مصروف البيت الذي ستدفعه لوالدتها؟ إن ثمن هذه الأريكة سيربك كل حساباتها.

ابتعدت عن الأريكة لتتأمل الكراسي المفردة المعلقة على الجدار، تبدو بائسة وحيدة، وتكفي شخصا واحدا فحسب. وعلى من يجلس عليها أن يبقى متيقظا ثابتا وجامدا بين ذراعي الكرسي بلا أنس باحتمال مشاركة آخر له، ولا امتداد لغفوة قصيرة كما في تلك

الأريكة. إن ألوان تلك الكرسي زاهية، غير أنها بائسة ووحيدة ومعلقة فوق الجدار، وكلهم يعبرون عليها بنظرة خاطفة، دون أن يفكروا بالتوقف عندها ولو من باب الفضول. ومن جديد كررت النظر للأريكة ذات اللون الذهبي فمشت بالعرض، وابتعدت عن العمود الأخير، وشعرت أنها تختلس النظر إليها منذ لحظات، إنها تتابع تحركاتها.

كانت متلهفة في زيارتها التالية للمحل، فاستأذنت مبكرة قبل ساعة من انتهاء موعد عملها. أخفت سبب استئذانها، وعلقت ذلك بالظروف الخاصة. وبدا كأن لديها موعدا مع شخص عزيز، وهي فكرة أعجبتها كثيرا. عندما وقعت عيناها على الأريكة خفق قلبها واضطرب، وحين لامستها انتفض جسدها. وأمام نظرات العامل التي تعرض عليها المساعدة أجابت بابتسامة فمضى لشأنه. جلست على الأريكة، لتقرأ المعلومات المكتوبة. مسحت بيديها على القماش وهي تتنهد، ثم أغمضت عينيها لثوان عدة، لتتخيل منظرها في الغرفة. قامت بعدها لتجلس على طاولة المطعم الذي يتوسط صالة العرض. كانت تراقب الأريكة متأملة لونها وشكلها، وتحاورها بلغة العيون وهي ترتشف القهوة، تسأل نفسها كيف ستدبر أمورها بقية الشهر إن هي اشترتها.

كانت الأريكة تتأملها في صمت، وتغريها لشرائها، وكأنها تقول: خذيني وسأريحك، كما قالت السمكة للفتاة الصغيرة في القصة الشعبية: خذيني وسأغنيك. ابتسمت حين برقت هذه القصة فجأة في ذهنها، تذكرت ما قالته صديقتها لها ((أنت تحبين الحياة وتعيشين ملء مشاعرك حتى مع الأشياء)).

أخذت تبتسم للأريكة في حياء وهي تأكل الكيك. هي الآن سعيدة لأن الأريكة تنظر إليها بحبّ، تحس بقماشها وهو يرسل الآن إليها موجات حب، تقترب تلك الموجات منها لتمسح ظاهر كفها الأيمن بحب، فتضع باطن كفها الأيسر على يدها اليمنى، لتحتفظ بتلك القشعريرة التي بثتها الأريكة في جسدها. ترى نفسها فوقها متكورة عليها في قيلولة قصيرة، أو وهي تقرأ عليها مجلة، أو تغفو كسولة عليها في يوم الإجازة.

كانت الأريكة تبادلها الحبّ حتى لمحت امرأة ورجلا يقفان بجوارها، وعاملا يحول بينها وبين رؤيتها جيدا. انتفضت، وأحست بالغضب دوامة تبدأ من صدرها الذي يتميز غيظا، وترتفع الدوامات الحمراء فوق رأسها الذي سينفجر. همست لنفسها كيف يمكن أن

يتجرأ أحد على أخذ الأريكة مني؟ إن هذا لا يمكن أن يحدث أبدا.

كان الرجل يمسك بيد زوجته ويمسحها بلطف، ثم يدخل أصابعه بين أصابعها المرسومة بالحناء، يبدو أنهما متزوجان حديثا. ويلتفت مبتسما لها، ثم يترك يد زوجته ليجلس على الأريكة، واضعاً يده على مسند في حين ارتاحت الأخرى على ظهر الأريكة.

- هذا هو اللون الذي أحبه. سمعت هذه الجملة من الزوجة وهي تقترب منهم، والعامل يؤكد لهما أنها القطعة الأخيرة في المحل.

كانت تقترب شيئا فشيئا منهما وهي ذاهلة، يضيع المشهد منها ويتفتت، ويولد من جديد فترى الزوجين على الأريكة في غيمة بيضاء، هو يعانقها في شغف وهي تقاوم في دلال. وتكاد تراهما أيضا وهما...وكلما ازدادت قربا سمعت أنفاسهما اللاهثة، وكلمات شوق تسيل وتختفي في ثنايا الأريكة، وبقايا عطر الرجل ورائحة سجائره تتسلل إلى القماش شيئا فشيئا.

تتقدم إليهما والزوجة ما زالت واقفة في مكانها، والزوج على الأريكة كما هو، يسأل عن إمكانية توصيل هذه القطعة مع باقي الأثاث الذي اختاره. كانت تتجه إليهما ومشاعر الكره تتفاعل تجاه هذه المرأة، وتقف بين البائع والزوجة مثل لبؤة تدافع عن عزينها، وبصوت مخنوق: عفوا أنا اخترت هذه القطعة أولا، وأجري الآن معاملة الشراء وأتيت لآخذ باقي المعلومات، وبدت بصوتها ونظراتها جافة قاسية كجذع ألهبه هجير الصحراء.

نظر الرجل لزوجته واعتذر للأخرى في همهمة غير واضحة، كأنه يقضم حبة مكسرات في ملل، ومضى ممسكا يد زوجته تاركا لها المكان. سلمت هي الورقة للبائع لتشتري الأريكة، وجلست عليها كما فعل الرجل.

كانت تتخيل نفسها في غرفتها مستلقية على الأريكة، حين نبهها أنفها إلى بقايا عطر الرجل. رائحة عطر مفعم بالقوة والرجولة ملأت روحها، لتأخذها إلى مكان بعيد، فأغمضت عينيها وراحت تتحسس المكان الفارغ بجوارها، حين أمعنت في الخيال رأت عيني زوجة غاضبة فأبعدتها قليلا قليلا، ثم أخرجتها من الغرفة.

أم صنقور

ساومت مريم النوم لتغفو ولو لدقائق، لكنّ الليل غادر مسرعا لبلاد أخرى، لم تستطع القراءة أو حتى فعل أي شيء آخر يبعدها عن التفكير في مشكلتها، وضعت يدها على بطنها تذكرت ما قالته لأحد الأطفال الأشقياء حين سألها عمّا تحمله في بطنها فأجابته بمرارة

- أرز ولحم ولا يوجد به شيء آخر.

كم حلمت أنها حامل، فالأسئلة تحاصرها والدعوات تنهال عليها لترزق بطفل أو طفله لكسر الرتابة، ولإخراس الألسنة المتطفّلة على حياتها الخاصة.

حين استيقظ عيسى لاحظ اضطرابها وانشغالها، ردّت عليه بـ: لا شيء. جملة مطّاطية حين تلوكها الألسن، بمتعة غريبة، رمقها بنظرة طويلة: عيناه في عينيها وهي تتمنى أن تفلت من حصاهما، بصوته الحاد الصارم: ماذا حدث؟ انهارت مقاومتها، أفلتت من عينيه وهي تبحث عن شيء لتنظر إليه تلعثمت في حديثها:

- عيـ ... عيسى.. أنا.. كشفت عند الطبيبة والحمد الله.. ويجب.. ويجب.. أن تفحص أن.. أنت صرخ ثائراً: ماذا تقولين أيتها المجنونة؟

أمسكها من أطراف شعرها ليلفّه على يده اليسار بمهارة وليجعل وجهها قريبا منه، فبدا مصفرا بملامح غائبة لا تبدو منها إلا كرتان سوداوان تجمدت نظرتهما، ركّز نظره قائلا بصوت حاد:

- سأذبحك إن قلت هذا الكلام مرة أخرى.

ثم هوى على خدّها بصفعة أفقدتها توازنها، لتسقط على الأرض كورقة خريف جافة.

.....

مِن أم هشام قارئة الفنجان إلى أم حسني العرّافة حتى الخادمة الفلبينية التي ترمي أوراقا في الماء الدافئ فيغلى.. الحمل سيحدث ولكنه لا يحدث.

توجهت مع حليمة إلى أم صنقور صاحبة الزار في مدينة دبي، والسؤال الحائر وجد طريقه على لسان مريم:

- حليمة.. أنا امرأة في الثلاثين، ولم أحصل إلا على قسط بسيط من التعليم وإن عوضت ذلك بالقراءة.. لكنك درست في الجامعة وتعملين، فكيف تشجعينني على الذهاب إلى الزار؟

بثقتها وثقافتها وبروح المغامرة أجابت حليمة: أنا أريد أن أساعدك بكل الوسائل مهما كانت.. يمكن الزار.. يحلّ مشاكل نفسية بداخلك.. ودوره أن يخرج طاقاتك المكبوته ورواسب قديمة، وإذا كان الجني فيك رافضا إنجابك سنعقد معه اتفاقا ونقدم ما يرضيه.

أكملت مريم: يعني.. إخراج الخوف والطاقة المحبوسة مثل المرأة التي تدخل إلى وسط البحر ليذهب خوفها.. فتحمل بعد ذلك.. يعني السبب نفسي أردفت حليمة: بالضبط، ويقولون إن الزار لا يخرج الجن عادة ولكنّه يسكنه فلا يؤذي.. بل يصبح مسالما. صوت مريم الضعيف يغذي ملل الطريق الذي تشقّه بـ (حكمتك يا رب) (رحمتك يا حي يا قيوم).

نظرت إليها أم صنقور وكأنها تقرأ سطورا مبهمة، مما جعل مريم تضطرب وهي تشاغل اضطرابها بالنظر إلى الغرفة حيث جاء السرير الكبير محاذيا للجدار، في حين جلست أم صنقور على فراش أخضر مزيّن بألوان متعددة، وعلقت في الغرفة قرونا لحيوانات مختلفة، فانتشرت في الغرفة الثيران والتيوس المحنطة لتكون دائرة حول مجلس أم صنقور، بينما يعبث البخور ممتزجا بالعطور في سماء الغرفة بحريّة، لبست أم صنقور نظارتها رغم ارتدائها للبرقع، فبدا شكلها منفرا مع ضخامة النظارة، وصارت عيناها أكبر:

يا مريم.. لا يمكن أن نعرف ما يريد الجني.. إلا بالزار.. وقتها سيتكلم ويفك عنك.. وستحملين اثني عشر ولدا.

أمسكت أم صنقور بقطعة عود لترميها في المبخرة قائلة:

المطلوب منك ياقرة العين.. تيس أحمر أعور يتيم، وصواني فيها مباخر عود ولبان وهاتِ ماء ورد ومكسرات.

في الطريق استهزأت مريم ضاحكة: وكيف أحضر تيسا أحمر ويتيما وأعور؟

بادرتها حليمة: يا مريم.. ما هذا الكلام؟ ماذا تريدين من الجني أن يفعل بك أكثر من هذا؟ سامحونا يا أسياد.. دستور يا سنجك.. دستور.

سكتت مريم وبدت حليمة في عينها صالحة لأن تكون أما في حفلات الزار.

دخلت بيتك يا (أم صنقور) فضاؤه يعج بالتيوس الحمراء والسوداء والدجاج الغافل، كنت من أوائل الحاضرين، تأملت بيتك الشعبي، هاتفك المرفوع فوق رفّ عال، ومجلسك الكبير الذي يؤدي إلى المطبخ حيث تعد المباخر والعطور والصواني، ورجال ونساء يتحركون بخفة وسرعة. لم أحسّ بأنني سألعب دورا في هذا الحفل بشكل أو بآخر. وجلست مسندة ظهري إلى الحائط، لكزتني حليمة ونحن في غرفة صاحبة العدة الأم المسؤولة عن الزار:

- على فكرة.. هناك أناس محترمون سيحضرون الزار.. ولكنهم سيلتبسون وينزل أصحابهم عليهم.. وبضحكة ساخرة: هذه أم صنقور، والأجر على الله.

اقتربت مني الأم... أخذت يدى ورشّت أوراق الريحان والياسمين وماء الورد.. وأجلستني على السجادة متوسطة الحضور، بدأت أسمع أهازيج من صاحب الطنبورة أخذ يهلّل ويردّد قائلا: (محمد كله زين مولود الضحى الاثنين..) ثم غطتني بغطاء أبيض يستخدم عند الصلاة رشّت على رأسي قليلا من ماء الورد وهي تنادي بأسماء الأسياد، ثم سمعت صوتها (دستورك يا سنجك دستورك) بعدها لم أدرك أي شيء، أصوات الطبول الصاخبة والناس تصفق على صوت أم صنقور المعربد في المجلس.

جالسة أتمايل وبجواري بعض النسوة يتمايلن. أشعر بدوخة بسيطة، أوقفتني الأم وأمسكتني بعنف وأخذت تدور معي وهي تغني، يداي تحلّقان في الفراغ تحاربان طواحين الهواء، وفي ذهني صور مبعثرة... مدينة دبي التي اكتشفتها منذ أيام تغيب بين عيني، ذكريات طفولتي ووقوعي من أعلي النخلة عيسى الذي يريد أبناء، دعوات أمي وتطفل الجارات على حياتي، وبين الصور تشدّني يد الأم، أمسكتني بعنف وأقعدتني، سمعت

صوتها الجهوري (دستورك يا سنجك) رفعت طرف الغطاء وأنا أرى الرجل شديد السمرة، وهو جالس على ركبتيه ويحرك صدره ويديه بعنف، حركاته قريبة من حركاتي وهو يردد كلاما غير مفهوم، حتى رمى برأسه أمام ركبتيه، بعد لحظة ضربته الأم على رأسه بالعصا، فرفعه مغنيا.

دفعتني الأم للرقص والتمايل.. بعنف وقفت أتمايل وأرقص لعلّ لهذا الليل آخر، أصوات الطبول تتعالى وجرحي يغور في داخلي، رغم شعوري بالدوخة إلّا أن صورة طفل يبتسم تتراءى بين عيني، أتمايل.. أرقص بجنون، والعالم يضيع شيئا فشيئا.

صرخت.. سقطت عند أقدام سنجك: دستورك يا سنجك.. سامحني إن هتكت صرختي عويل الطنبورة أو تجاوزت صوت الطبول.

.....

في مستشفى الولادة كما حلمت دائما أقبل عليها عيسى، وبدلا من احتضان طفلها رأى دمعتين تنسابان بمرارة فقال، ليسامحنا الله.. فقدنا ابننا قبل أن نراه.

ردّت عليه بصورتها المبحوح: ليسامحنا الله. نحن فقدنا ثقتنا به.. قبل أن نفقد ابنها، تقدم منهما الطبيب ناصحا:

- يعني يا رجل تتعب زوجتك بالانتقال إلى دبي وتتركها تعمل في عرس أقاربكم حتى تسقط من التعب، احذرا في المرة القادمة. ألقى نظرة على ملفها وغادر مبتسما داعيا لها بالشفاء.

نظرت مريم إلى النافذة متأملة امتداد البحر، وهمست لنفسها: يا ربّ.

المشهد

أنا سرير خشبي أصلي، أعني من شجرة حقيقية ولست حشوا من نشارة الخشب الرخيص. أتوسط الجدار المقابل لباب الغرفة. وفوقي ينام الزوج هادئا، صدره يعلو ويهبط على نغم شخيره المنتظم، وزوجه تنام على جهتها اليمنى، وقد أدارت ظهرها له.

من أين أبدأ؟ سأبدأ منذ لحظة دخولهما الليلة متأخرين عن موعدهما اليومي. وهي كالعادة تنام على الجهة اليمنى لا على ظهرها، كي لا تضغط على مركز الذاكرة في رأسها، ولا على الجهة اليسرى حتى لا تضر بقلبها. آه كم تعجبني هذه التفاصيل. أسمعها تقول ذلك لزوجها فيبتسم من دون أن يعلق. تململت كثيرا فوقي كسمكة تتخبط في الشباك، وتقلبت على أكثر من جهة. ورغم أن وزنها مقبول، ولا يثقل كاهلي، إلا أنها وترتني الليلة. هنا سألت نفسي هل تشاجرت معه الليلة قبل أن يدخلا الغرفة، أم أنه خلاف بسيط حله هو بطريقته المعتادة؟ وإلا لما نام وتركها ساهرة. تململها، وأنفسها وشهقاتها المكتومة تشي بشيء لا أعلمه.

لا أحد يعرفهما مثلي، عليَّ اختصما وتصالحا، وناقشا كل شيء، بدءا من العمل والأطفال ومشكلات الخدم، وانتهاء بالتفاصيل اليومية. هنا تبدأ الأشياء وتنتهي، فأنا ثاني الوحيد، وثالث المتزوجين. وفيّ لا أخبر بالأسرار، وأتظاهر بالصمت. إنني أقدر هذه السيدة الثلاثينية، فهي ترحمني من يد الخادمة التي تضربني بعنف بدعوى النظافة، أما هذه السيدة تمسح الفراش بهدوء، وهي تغني في الصباح، لتسقط على الأرض ما تناثر من الشعر وقشرة الرأس. سمعتها ذات مرة تقول لجارتها إن المرأة السعيدة هي من تنظف سريرها، كل صباح، وهي تغني.

لا تستغربوا كلامها، فقد سمعت منها أيضا أن أحدهم فسر السرير الجميل في الحلم بالزواج السعيد، ولماذا أذهب بعيداً فقد سمعتها، وهي تقرأ من أحد الكتب. نعم سأحاول أن أتذكر ما أورده، فقد سمعت حديثها على الهاتف مع صاحبتها عن تفسير السرير في الأحلام. نعم نعم.. نحن الأسرة نتعلم بالسماع والرؤية، ولدينا ذاكرة جيدة، نشبه أصحابنا في علمهم وحلمهم. ولكم هو جميل ذلك اليوم الذي ازدادت فيه ثقتي بنفسي، آه اسمعوا جيدا، فما زال الزوج نائما، وهي تتقلب في فراشها.

يقول المؤلف إن السرير وجميع ما ينام عليه المرء يدل على المرأة. نعم لكم جميل أن يكون السرير أنثى، ومن رأى أنه ينام عليه فسيعود له ما فقده، ورؤيته تدل على السرور والشرف، لكني أعجب كيف يفسر رؤية الأجزاء بشكل غريب! فالوجه يدل على الزوج، ومؤخره على الزوجة، والرأس على الولد، وطرفه الآخر على الابنة والخدم. ها هو يفرق بين الناس أنا لا أفرق بينهم حسب جنسهم بل بمدى حبهم لي. وأعجب لماذا يكون حظ المرأة دائما أقل حتى في تفسير الأحلام؟ على أية حال ليس هذا وقتا مناسبا لمناقشة أفكاره. ويفسر نصب السرير بالبرء من المرض وزواج المرأة، وإن تكسر السرير فويل للرائي من أحلامه فهذا ضياع لسلطانه وفراق لزوجه. عذرا فقد استعرت كلمات المؤلف.

كان الناس قديما يحسون بنا، غير أننا الآن ضعنا لكثرة الأشياء المحيطة بالناس، آه لا أقصد أن أسوغ لأحد أي شيء، إنني أحاول أن أكون منصفا محايدا. لا لن أستخدم هذه الكلمات انسوها، لأنني أعيش بمشاعري أيضاً مثلهم.

حين دخلت الليلة حزينة إلى غرفتها، حاولت أن أتجاهل الأمر، فعمدت إلى تأمل صورتي على المرآة المقابلة، ثم وجهت اهتمامي للستائر وبيضة السعادة الموجودة على طاولتها. ولست بليد المشاعر، لكنهما يختلفان بين فترة وأخرى، وأراها تقسم ألف مرة بأنها لن تسامحه أبدا مهما حاول إرضاءها، لذا أحمل ضيقها وحزنها، وحين يصالحها تنسى. لقد تعبت من لعبة المشاعر هذه ومن الكر والفر. تتصالح معه، وأبقى أياما مشحونا بمشاعرها السلبية نحوه. وفي إحدى الليالي صدقوني كدت أرميه على الأرض وهو نائم، ولم ينقذه مني إلا استيقاظها حين غطته جيدا باللحاف، فتراجعت. ومن يومها، حاولت أن أفصل بين مشاعري ومشاعرها، حتى وإن كان السرير أنثى تتضامن مع بنات جنسها.

الآن الفجر يوشك على إيقاظ الكون، وما زلت أفكر في حال هذه المرأة، وأحاول ترتيب ما حدث خلال اليوم، لأفهم ما جرى. لحظة.. إنها تتجه إلى الحمام، وتغلق الباب خلفها. لا أعرف ماذا تفعل في الحمام الآن؟ أحزن كثيرا عليها، أتخيلها تبكي في زاوية الحمام؟ وتلطم وجهها، ما أتعس النساء اللاتي تضيق بهمومهن الدنيا وتتسع لهن زوايا الحمامات! هل تقيأت من شدة حزنها؟ حين تعود في الليل متورمة العينين وشاحبة الوجه أحس أني أدرك معاناتها. بين المرآة وبينها تاريخ طويل، كم باحت لها بهمومها، وأقسمت بأن تحب ذاتها، ولا أعرف ماذا تقصد بالضبط. وأما زوجها فهو يعبر بالمرآة على عجل، ولا يتوقف إلا للحلاقة السريعة، يقولون إنه عملي وسريع وعقلاني أكثر من اللازم، وهي عاطفية كمعظم النساء.

حين عادت إليّ كان زوجها ما زال نائما، حاولت أن أسمع همسها، غير أن السرير يبقى سريرا بقدرات بسيطة. لا أدري وهي تكتم بكاءها إن كانت حقا تريد إيقاظه أم أنها عاجزة عن التوقف عن البكاء؟ حين نظر طرفي الآخر في مرآة الحمام علم أنها بكت كثيرا، ورددت اسم صديقتها. نعم صديقتها المريضة بمرض عضال، يبدو أن صديقتها قد ماتت.

أحاول أن أستجمع أفكاري، وأركب المشهد من جديد.

حين دخلا الغرفة حدثته بصوت ضعيف حزين عن صديقتها، لم أسمعها جيدا، غير أنه تمتم بعبارة قصيرة جافة تحمل معنى الرحمة، ورغم بكائها سحبها إليه، كانت تتخشب بين يديه رفضا وحزنا، وتحاول مقاومته لكنها سكنت فيما يشبه الاستسلام. وبعد دقائق طويلة تركها، كلوح بارد تتقاذفه أمواج الليل.

الغزالة والتمساح

حين دخلت الصالة رأت إخوتها الصغار يشاهدون برنامجا عن التماسيح، وقد رموا الوسائد على الأرض. زمت شفتيها، وكالعادة رتبت تلك الوسائد محذرة الصغار من تكرار هذا التصرف. طرقت باب غرفة والدتها بهدوء، ثم فتحت الباب لترى والدتها مستغرقة في التسبيح والدعاء، وقد لبست غطاء الصلاة الأبيض، فبدت محاطة بالنور والسكينة. تركتها متجهة إلى الصالة، أمسكت بالجريدة وهي تهم بالجلوس. قلبتها ثم توقفت عند خبر احتل نصف الصفحة. نظرت إلى صورته، نظرته جامدة محايدة، وقد أضفت نظارته الرفيعة كثيرا من الوقار عليه. يطل رافعا رأسه الذي ارتاحت عليه الغترة والعقال.

وضعت الجريدة على الطاولة، كانت تختلس النظر إليه، ثم توزع نظراتها على إخوتها الصغار وستارة الصالة، لكنها تعاود النظر إليه من جديد. هي مديرة، شابة جميلة ولديها بيتها وأطفالها. ورغم صغر سنِّها إلا أنها صارت مديرة في فترة قصيرة جدا، حسدها عليها كل من يعرفها، حتى أخواتها اللاتي يكبرنها، وكلهم يسألها عن السر، وبكلمات معدودة تجيب: الاجتهاد ودعاء الوالدة.

كان ينظر بعينين شبه مغمضتين من تحت نظارته ذات الزجاج الرفيع، يوهم الآخرين بأنه يسبر دواخلهم، إنه يطيل النظر إليهم ببرود وحيادية، من دون أن يرمش، ولا يسحب تلك النظرات بعيدا حتى يشعر بتوتر من أمامه، الذي يبدأ بعض شفتيه أو بلع ريقه، أو يضطرب.

لم يعرف كيف ترقى سريعا، ليصل إلى تلك المرتبة العالية، لكنّه وجد هكذا كطريق مسدود، لا يكتشفه المرء إلا حين يصعب عليه الرجوع. من أين أتى؟ وعلى سلالم خلفية

صعد؟ فبدا للآخرين وجودا مفاجئا، وبلا ذكريات. لقد غابت تلك الأسئلة الأولى أمام هيبة المكان الذي احتله، وتوارت علامات الاستفهام أمام النفوذ الذي امتد كخيط دائري ليس له بداية ولا نهاية.

كان يقف دائما على يمين إحدى الشخصيات القيادية، وقد يظهر رأسه في صور أخرى من خلف كتف تلك الشخصية، التي يستمد منها نفوذه. يخلق لنفسه هالة تحيط به، هالة تفيض هيبة وهدوءا بالنسبة للبعيدين عنه، ورعبا وتوترا لمن يعمل معه. وقبل أن يتكلم ينظر فيمن حوله ليلفت الانتباه، ثم يتنحنح مصطنعا، لتخرج من بين شفتيه المطبقتين نصف إطباقة كلمات قليلة وحاسمة.

شيئا فشيئا استغرقت في مشاهدة البرنامج مع إخوتها، وبينما تشاهد التمساح تتزحلق نظراتها السريعة على صورته.

بدت الغزلان على الشاشة غافلة عن التماسيح، التي اعتمدت على أطرافها، وهي تدخل البحيرة من الجهة الأخرى بهدوء، تدفع بأطرافها وهي تشق طريقها في المياة بكل أناة وحذر.

تذكر حين ترقت إلى منصب نائب المدير وجود بعض المخالفات المالية البسيطة في الشركة، مخالفات يمكن تسويتها، لكنها لم تعلم حجم الفساد الذي يقتات في ريبة وسكون إلا حين أصبحت مديرة للشركة، مما نغّص فرحتها بمنصبها الجديد، وقاسمها القلق في فراشها.

كانت التماسيح ماهرة في الاختباء في المياه، فلم يظهر إلا جزء يسير من ظهرها، وهذا جعل الغزلان تطمئن، فاندفعت غزالة، لتتعثر في خطوتها الأولى نحو الماء، كانت تحرك ذيلها بتوتر وقلق، لكنها وقفت ومضت بخطوات قصيرة لتعبر إلى الجهة الأخرى.

بعد أن قرأت الأوراق، وأيقنت بوجود الفساد الإداري والمخالفات المالية طلبت حضور مدير الحسابات، أوضح لها كل ما أرادت معرفته. وغرس عدة دبابيس حين قال مصفرا وهو يحرك يده في الهواء: المدير السابق طار بسبب هذا الموضوع. بلعت ريقها، وهو يجمع أوراقه، ولم تطلبه بعدها.

خطوات قليلة مشتها الغزالة في الماء، حتى رفع التمساح رأسه فجأة محاذيا ظهر الغزالة، طاش الماء، وعلا الرذاذ والطين، ليعكر صفو البحيرة الهادئة، والغزالة تنظر مرتبكة

وقد تجمدت بسبب الصدمة فلم تتحرك. وقد قال لها مدير الحسابات: إن الخيارات محسومة فإما أن تسكت وتدع الأمور على حالها، أو أن تستقيل من منصبها، أو أن تواجه الأمر فتطير كالمدير السابق. قال لها وهو يغادر: هذه هي الخيارات إلا إذا كان ذكاء المرأة يمكن أن يجئ بشيء مختلف. لم تعلق على كلامه، وتركها وهي تتأمل اللوحة التشكيلية المعلقة أمامها.

أمسك التمساح بالغزالة من رجليها الخلفية، وسحبها للقاع ليغرقها، وبعد لحظات رفع رأسه والتهم أرجلها، وضغط بفكيه على بطنها، فسال الدم على رقبته، واختلط بالماء.

نظرت إلى الصورة في الجريدة من جديد، هي لم ترفع الأمر إليه بل إلى مساعده، لعلها تعلم حقيقة ما يجري ومدى علمهم بالأمر، وقدمته في شكل مقترح للتطوير وليس بوصفه فسادا إداريا أو مخالفات مالية. هكذا يمكن أن تهرب إلى الأمام، غير أن مساعده كلمها عن فضيلة التسامح والمغفرة، متناسيا مئات الملايين التي خرجت من الخزينة بلا حساب ولا عودة.

أحست بصداع خفيف وإرهاق. دخلت عليها والدتها وجلست بجوارها. احتضنت الشابة أمها بقوة، ودون أن تتكلم أخذت في البكاء. مسحت الأم دموعها، وأخذت تقرأ عليها المعوذات، وتؤكد لها أنها محسودة، فكيف لشابة أن تصل لمكانتها بسرعة.

أكمل التمساح التهامه للغزالة، وأطبق بفكيه على رأسها، وحاولت أن تخرج رأسها فأحكم عليها وبلعها تماما.

ميم... مريم

تقف منتصبة في وسط محلها في معرض أبوظبي، وقد أسدلت النقاب على وجهها، رغم إلحاح ابنها بأن ترفعه، لكنها تنظر إلى عينيه قائلة، أخاف أن يراني أحد من معارفي. تتوقف النسوة عندها لشراء البخور والسمن والبهارات والمخللات، وبجوارها ابنها الصغير الذي يتحرك بخفة رغم ضيق المحل، يداه تختطفان علب البهارات والبخور من أكوام العلب ذات الشكل الهرمي، ليضعها في الكيس ويسجل عدد العلب التي بيعت، همس في أذن أمه: نحن في رابع يوم من المعرض، وقد جمعنا إيجار هذا المحل تقريبا. التفتت إليه، فشاهد في عينيها بريقا جميلا. ربتت على كتفه وقبلته بسرعة. ثم رمت بجسدها على الكرسي تتأمل زاوية في الجدار، فتذكرت أيامها في سوق مزيد.

تستند إلى الجدار متأملة سقف سوق مزيد في العين، وبجوارها رفيقاتها لا حواجز بينهن، الجسد وحده هو حدود كل بائعة. في جو يوليو الحار تتجمع قطرات العرق الصغيرة على وجهها، فتمسحها بشيلتها السوداء، حتى لا تفسد لون برقعها. هي أصغرهن سنا، رغم أنها تعمل منذ سنوات في المكان ذاته. تقاسيم وجهها جميلة. فعيناها كبيرتان، وأنفها طويل يقف عليه البرقع بكل راحة، ويخفي شفتيها الناعمتين. تراقب السوق ويدها تعبث بالمذياع بين فترة وأخرى، تنتظر الزبائن الذين لا يحضرون عادة قبل الحادية عشرة صباحا. فلا يكاد يمر يوم إلا وقد باعت شيئا ونادرا ما كانت تبيع بأقل من مئتي درهم، على عكس صاحباتها اللاتي قد لا يبعن أحيانا أي شيء.

تمتد أرض السوق أمامها، في صفين متقابلين من المحلات التجارية، يفصل بينها ممر عريض يقف إلى جانبيه البائعون الهنود بعرباتهم، وللسوق مداخل كانت مريم قد جلست

مستندة إلى جدار واحدة منها، تراصت علب الدخون العود المعطر أمامها في ترتيب متقن، وبجوارها علب الخل وعلب السمن، من كيس نايلون أطلت أطراف خبز الرقاق. تمطى الضحى في كسل، وقد ازدادت حركة الزبائن أمام محلات السمك، في حين هدأت الحركة في الجهة الأخرى من السوق، إلا من حركة الأيدي، وهي تشرب القهوة.

مريم تفكر في كيفية فتح محل صغير، فراتب الشؤون الاجتماعية ضعيف، لا يكفيها إلا لأيام قليلة، وهي أرملة ذات الأطفال. إن جلستها هذه أتعبت ظهرها، وغمز النسوة ينهك أعصابها، ورغم أنها لا ترد عليهن، إلا أنها تفكر في حل آخر، بعيدا عن مصيدة هذا العمل الذي علقت فيه، وعن هذه البقعة الصغيرة. بينما كانت في الماضي أكبر آمالها، إلا أنها الآن تفكر في أبنائها، لقد كبروا. فحمود الذي يتقافز بين المحلات ليبيع الليمون الأخضر ستنتهي إجازته قريبا، سيذهب للصف الثاني الابتدائي، وسيتركها وحيدة من جديد في هذا السوق، وابنتها ريم تعمل الآن في البلدية، أخبرتها منذ سنوات بأنها تعمل مع سيدة أخرى في محل صغير بجوار سوق مزيد. كذبة صغيرة تسوغ فيها لنفسها لقب سيدة أعمال حين سألتها ابنتها عما تكتب في خانة عمل الأم، والأهم ألا تخجل ابنتها من عملها، وحده حمود يعرف كل أسرارها، وحين يغضب يهددها بإخبار مريم، لكنها سرعان ما تطيب خاطره، وأحيانا تشتري له لعبة ثمنا لسكوته.

من جديد تحكم لف العباءة على جسدها في ضيق وملل، تتأمل الزبائن، وتبحث بعينيها عن حمود فتراه يستعطف امرأة ليبيعها كيسي الليمون الأخضر بعشرة دراهم. حين يقبل تسحب كتابه القديم من تحت الوسادة، تشده من يده ليجلس بجانبها، تقلب الكتاب بسرعة، وتضع إصبعها على الحرف، فيقرأ حمود:

- هذا حرف الميم.. ميم.. ويشير للصورة، مريم بنت صغيرة.

تهمش لنفسها ميم.. ميم.. مريم.

يقفز من جديد حاملا كيس الليمون، وهو يشاهد امرأة أنيقة تدخل السوق، في ثوان معدودة يصبح الكيسان في يدي الحمال الذي يسير خلف السيدة. يعود حمود ليحمل بقية الأكياس، تهمس لابنها بأن يتقى قريبا، وعيناها مزروعتان في صفحتي الكتاب.

- بعد ما شاب راح الكُتّاب.

تستيقظ على وقع هذه الجملة، لا تعرف من قال ذلك، ألم يعبرها سريعا، ترميه بعيدا عنها، وهي تشعر بلذة إثارة غيرة النسوة، وتهمس من جديد ميم.. ميم مريم، بدا الحرف في عينيها دائرة صغير، تمتد قليلا لليسار ثم تنزل إلى تحت، كأنه دائرة ملتصقة برقم واحد مثل عصا هكذا قال لها حمود. بينما تتغامز النسوة حولها كانت تتأمل أعلى الجدار وتهمس ميم.. مريم.. ميم محل.

- عندي البخور والخل والسمن يا بنتي.

سمعت اسمها فانتبهت، نعم أنا مريم. ابتسمت للسيدة القادمة من دبي التي رفضت الشراء من غيرها، وباعت لها كل كمية الدخون التي لديها.

حين سمعت كلمة البلدية ارتبكت بدت خفيفة جدا وغادرت تاركة النسوة جالسات في اطمئنان، اختفت بين زبائن محلات السمك، ثم تحركت لمحل الخضار.

بدا مفتشو البلدية يطوفون على المحلات، ويتأكدون من التزام الباعة بالأسعار، ومن مستوى النظافة. أخذت تراقب ابنتها ريم، وهي تقف بجوار النسوة تلاطفهن وتسألهن. أخذ قلبها يضطرب، ماذا لو علم موظفو البلدية أن أمها صاحبة البسطة، وأنها منذ دقائق كانت جالسة بجوارهن، ماذا لو ناداها أخوها حمود الآن؟ أخذت تدعو بأن يبقى حمود بعيدا جدا عن السوق، تمنت لو تتحول إلى غبار هي وابنها، أو إلى حشرتين صغيرتين لا ينتبه لهما أحد. بدت ابنتها ريم جميلة وأنيقة، كابنة عائلة مقتدرة، كانت تود أن تصرخ مفتخرة بأعلى صوتها ((هذه ابنتي)) غير أن صوتها توارى في داخلها، كما توارت هي بجسدها النحيل بين صناديق الفواكه. تناهبتها مشاعر مختلفة بين فخر بابنتها وخجل من نفسها.

حين غادر مفتشو البلدية ارتاحت، تنهدت وهي ترفع رأسها عن الصناديق. تلقت نظرات البائع الهندي بفزع كأنها ضبطت متلبسة بجريمة، هل كان يراقبها وهي تتابع في خفاء جولة مفتشي البلدية؟ قد يظنها لصة أو مخالفة للقوانين أم تراه يعلم أنها بائعة بسطة. صمتت مبتسمة، في تواطؤ لم يتكلما، وخرجت خفيفة مرحة حاملة في يدها كيسا تتقافز فيه حبات التفاح الأحمر.

تبتسم لتلك الحادثة، وتنتبه إلى المرأة التي تسألها عن محلها، تلمع عيناها وهي تعدها بقرب افتتاحه، وتهمس لنفسها: ميم.. ميم محل.